DUMONT

Zeitlebens hat Olof im Schatten seines selbstbewussten Bruders Carl gestanden. Carl war der Liebling der Mutter, der allerdings in Ungnade fiel, als er mit seiner Frau Klara (mit der Olof seine eigene Geschichte hat) und den beiden Söhnen in die USA auswanderte. Viele Jahre später treffen die ungleichen Brüder am Sterbebett der Mutter wieder aufeinander, in ihrem Landhaus in den südfinnischen Schären – und mit ihnen ihre Familien, alte Rivalitäten und Träume, Fehler und Versäumnisse. Es dauert nicht lange, bis der Frieden des Spätsommers, der über der Insel liegt, brüchig wird. Gerade noch rechtzeitig erkennt Olof, dass der Moment gekommen ist, um aus dem Schatten seines Bruders herauszutreten. Mit behutsamem Strich zeichnet Johan Bargum das Porträt einer Familie und lotet das Verhältnis zweier Brüder aus, die sich gegenseitig fremd geworden sind. ›Nachsommer‹ ist ein leises Buch, das doch lange nachhallt, melancholisch und gleichzeitig voller Witz, abgründig und ebenso lebensbejahend.

Johan Bargum, geboren 1943 in Helsinki, lebt in Espoo und gilt als einer der prominentesten finnlandschwedischen Autoren. Er veröffentlichte mehrere Romane, Erzählungen, Drehbücher, Hörspiele und zahlreiche Theaterstücke, die weltweit aufgeführt werden. Im mareverlag erschien 2014 seine ›Septembernovelle‹.

Johan Bargum

Nachsommer

Roman

Aus dem Schwedischen von
Karl-Ludwig Wetzig

DUMONT

Die Übersetzung wurde gefördert durch das Übersetzerstipendium des Landes Niedersachsen und von FILI – Finnish Literatur Exchange.

FILI FINNISH LITERATURE EXCHANGE

Da die Handlung unter der schwedischsprachigen Minderheit in Südfinnland spielt, werden die Orte im Text mit ihrem schwedischen Namen bezeichnet. So ist etwa Helsingfors die schwedische Bezeichnung für Helsinki.

MIX
Papier aus verantwortungsvollen Quellen
FSC® C083411
FSC www.fsc.org

August 2019
DuMont Buchverlag, Köln

Die schwedische Originalausgabe erschien 1993 unter dem Titel ›Sensommar‹
bei Söderström & Co. Förlags AB, Helsinki.

Übersetzung: Karl-Ludwig Wetzig
Umschlagadaption: mareverlag, Hamburg
Umschlagabbildung: William Tuner (Turner of Oxford) / Courtesy of the
Warden and Scholars of New College, Oxford / Bridgeman Images
Satz: mareverlag, Hamburg
Gesetzt aus der Quadraat
Druck und Verarbeitung: CPI books GmbH, Leck
Gedruckt auf säurefreiem und chlorfrei gebleichtem Papier
Printed in Germany
ISBN 978-3-8321-6476-8

www.dumont-buchverlag.de

I

Weiß man eigentlich jemals, was vor sich geht?

Es ist wie bei einem Vierhundertmeterlauf: Einige Augenblicke lang befindet man sich im Zentrum der Ereignisse, der Wind saust einem um die Ohren, die Lungen wollen platzen, die Gegner keuchen, das Einzige, was existiert, ist das Zielband irgendwo vor einem.

Aber ist es das, was wirklich passiert?

Nachher erinnert man sich an den Lauf, und das Gedächtnis fängt sofort an, die Fakten zu sortieren; es redigiert, unterteilt, sortiert. Ich hätte die erste Kurve nicht so langsam angehen sollen. Auf der Gegengeraden hätte ich kürzere Schritte machen müssen. Im Endspurt bin ich gestolpert, das war allesentscheidend.

Nachher sieht alles gleich anders aus.

In unserer Familie war sicher nicht ich der Wettläufer, sondern Carl.

Ich sitze auf der Veranda und schreibe diese Zeilen, bin allein. Das alte Landhaus, die Villa, hat sich geleert. Alle sind abgereist, in die Stadt, ins Ausland. Eine ist am Ende ihres Weges angekommen und wird bald in Rauch aufgehen.

Es ist leise und ruhig geworden.

Es ist nachher, auch für mich.

Wo habe ich zu kurze Schritte gemacht? Wo bin ich gestolpert?

Oder bin ich die ganze Zeit nur drauflosgerannt, was das Zeug hielt?

Ist alles, was man nachher tut – sich mit einem Trainer zusammensetzen und den Lauf analysieren oder sich auf eine Veranda hocken und schreiben –, eine Art Selbstrechtfertigung, die man unternimmt, um zu überleben? Sind alle nachträglichen Rationalisierungen und Bearbeitungen etwas, das man braucht, obwohl man weiß, dass vielleicht nichts anderes dabei herauskommt als Lügen und verdammte Dichtung?

Wozu dann? Um die Kraft aufzubringen, sich noch einmal an die Startlinie zu stellen, mit einem einzigen eitlen Gedanken im Kopf: Diesmal werde ich nicht stolpern?

Es begann an einem Nachmittag im August damit, dass das Telefon auf meinem Nachttisch klingelte.

Ich schlief. Ich war die ganze Nacht durchgefahren, von einem dieser unzähligen Musikfestivals nach Hause, auf dem ich mich mühselig durch drei Konzerte und eine elende Menge Folkloremusik gehört und ein paar halbherzige, nachsichtige Kritiken verfasst, abends zu viel Bier getrunken und zu viel dummes Zeug mit ein paar Kollegen geschwatzt hatte.

Es war Onkel Tom. Er wollte mit mir reden. Nein, nicht am Telefon, er wollte mich sehen.

Es ging um Mutter, nahm ich an.

Im Krankenhaus sagten sie, sie würde schlafen.

Onkel Tom. Als Mutter eines Morgens vor ein paar Jahrzehnten verkündete, von dem Tag an sollten wir Tom Onkel Tom nennen, verstanden weder Carl noch ich, wozu das gut sein sollte. Wir fanden es nur ausgesprochen komisch. Carl schrieb *Onkel Toms Hütte* auf ein Brett und nagelte es an die Tür des Plumpsklos. Das fand Mama überhaupt nicht komisch. Zur Strafe durften wir antreten, um die Jauchegrube unter dem Klo auszuschaufeln.

»Es war Carls Idee, nicht meine«, versuchte ich.

»Schieb die Schuld nicht auf deinen kleinen Bruder«, sagte sie.

Wie oft habe ich diese Worte von ihr zu hören bekommen?

Noch immer kann ich menschliche Exkremente nicht riechen, ohne das Echo in meinem Kopf zu hören: Schieb die Schuld nicht auf deinen kleinen Bruder!

Tom war zwar auf eine entfernte und verwickelte Art irgendwie mit Mutter verwandt, aber wir sollten ihn nicht deshalb Onkel nennen. Mutters Botschaft war eine andere, und ich glaube, Carl und ich verstanden sie auf eine nebulöse Weise. Mama stellte bestimmte Dinge klar: Tom kam natürlich häufig zu Besuch, Tom feierte mit uns zusammen Weihnachten, Tom war morgens da, wenn es darum ging, uns ein Geburtstagsständchen zu bringen, Tom wohnte den Sommer über bei uns im Landhaus.

Aber Tom behielt seine eigene Wohnung in der Stadt. Und er hatte im Landhaus sein separates Zimmer hinter der Küche. Tom war wie ein Onkel.

Mutter und er waren nicht richtig zusammen, nicht so, wie sie und Papa es gewesen waren.

Erst später begriff ich, dass sie diese Abgrenzungen nicht nur unseretwegen vornahm.

Worum es ging, davon machte sich Carl seine eigenen Vorstellungen. Eines Abends, nachdem Mama das Licht in unserem Zimmer gelöscht und wir wie üblich die Taschenlampen aus dem unter Carls Bett versteckten alten Nachttopf hervorgeholt hatten, sagte er: »Was meinst du, was Tom und Mama miteinander treiben?«

»Du sollst ihn Onkel nennen«, verbesserte ich.

Er leuchtete mir ins Gesicht und lachte.

»Wart mal«, sagte er, kramte in einer Schublade und holte eine zerschlissene Stoffpuppe und ein kleines Spielzeugpferd mit Namen Samuel heraus, das einmal mein Kuscheltier gewesen war. Carl legte mir die Puppe in den Arm. »Das ist Mama«, sagte er. Dann nahm er Samuel und drückte ihn der Puppe in die Arme. »Und das ist der gute alte Tom«, sagte er und ließ Samuel mit dem Hinterteil kleine, ruckartige Bewegungen ausführen.

Sein Gesichtsausdruck dabei war fremd und abstoßend. Sein Lachen hörte sich wie hechelndes Stöhnen an.

Ich schlug ihm mit einem Buch auf den Kopf, so fest ich konnte. Es war ein dickes Buch. Es gab ein Mordstheater.

Ich versuchte gar nicht erst, die Schuld auf Carl zu schieben.

Am nächsten Tag bekam ich Stubenarrest. Ich sah mir das Foto von Papa an. Darauf saß er zurückgelehnt auf der Verandatreppe, die Beine gekreuzt. Mit nachdenklichen Augen schaute er geradewegs in die Kamera, mich direkt an. Er sah ein wenig traurig aus, fand ich.

Lieber Papa, schrieb ich auf einen Zettel. Sei mir nicht böse. Ich bin Deinetwegen so wütend geworden. Und sei auch nicht böse auf Carl. Er hat überhaupt keine Erinnerung an Dich.

Dann zerriss ich den Zettel in winzig kleine Fetzen, die ich mir sicherheitshalber in den Mund stopfte und herunterschluckte.

Tom tauchte gegen sieben Uhr auf. Er trug einen seiner doppelreihigen grauen Anzüge, eine Fliege unter dem Kinn, schwarze, blank geputzte Schuhe: Onkel Toms Uniform. In den gesamten dreißig Jahren seiner Tätigkeit als privat praktizierender Arzt hatte er stets dieselbe graue Aufmachung getragen. Das flöße seinen Patienten Vertrauen ein, hatte er behauptet. Es war eine Gewohnheit daraus geworden.

Nun war er seit zehn Jahren Rentner. Ich vermutete, er hatte es sich trotzdem noch nicht abgewöhnt, seine Mitmenschen als mutmaßliche Patienten zu betrachten.

Onkel Tom hatte ein außerordentlich rundes Gesicht. Sein Schädel war kahl und sah aus wie die Krone eines Bowlerhuts. Es kam immer noch vor, dass ich von ihm träumte. Es war immer derselbe Traum: Ich steckte ihm den Finger ins Ohr und ließ seinen Kopf über den Anlegesteg rollen wie eine Bowlingkugel. Sie kullerte über das Ende des Stegs, und es gab ein deutliches Platschen.

Seine Augenbrauen hingen herab, kleine Schutzdächer über seinen sanften, verständnisvollen grauen Augen: Kein Leid ist mir fremd. Ein schwacher Duft von Rasierwasser umgab ihn, immer derselbe in all den Jahren.

Onkel Tom war ein netter, durch und durch sympathischer Mensch, ein dermaßen anständiger, lieber Kerl, dass er mich noch immer zur Weißglut treiben konnte.

Natürlich war das ungerecht. Eigentlich hätte er auf mich wütend sein sollen.

Einmal waren Carl, Onkel Tom und ich nachmittags zum Einkaufen gefahren. Es war in dem Sommer, in dem ich zum ersten Mal das Motorboot steuern durfte. Onkel Tom stieg auf das kleine Vordeck des Boots, um an Land zu springen. Ich nahm den Gang heraus, und das Boot glitt mit noch beträchtlicher Geschwindigkeit auf den Steg zu. Ich sollte besser abbremsen, dachte ich, legte den Rückwärtsgang ein und gab Vollgas.

Das Boot stoppte schlagartig ab. Onkel Tom verlor das Gleichgewicht, fiel der Länge nach über Bord und versank.

Carl glotzte nur mit offenem Mund.

Langsam, wie eine kleine, runde Klippe, tauchte Toms Glatze aus dem Wasser auf.

»Was machst du für einen Bockmist«, sagte Carl zu mir.

Onkel Tom schwamm an Land und kam ungerührt mit triefenden Kleidern ans Ende des Stegs, um uns in Empfang zu nehmen.

»Du Volltrottel«, sagte Carl.

Onkel Tom sah mich an.

»Ist ja nicht so schlimm«, sagte er.

Nacheinander gingen wir zum Haus hinauf. Onkel Tom hinterließ eine nasse Spur auf dem Kies.

Ich verstand die Welt nicht mehr. Regte er sich wirklich nicht im Geringsten auf?

Mama lachte bloß.

Ich wartete ein paar Tage ab, bis ich mit Onkel Tom allein im Boot war.

Er stellte sich wieder aufs Vordeck.

Er drehte sich um und sah mich an.

Ich legte den Rückwärtsgang ein und gab Gas. Er landete im Wasser. Es sah fast so aus, als hätte er es mit Absicht getan.

Und genau wie beim letzten Mal kam er ans Ende des Stegs, vertäute das Boot und nahm die Einkaufskartons entgegen.

Er sah mich an, ohne ein Wort zu sagen.

Aber Mama lachte diesmal nicht.

»Ich glaube, für diesen Sommer bist du genug Motorboot gefahren«, sagte sie.

»Sei nicht so hart zu dem Jungen«, meinte Onkel Tom, »er ist noch ein wenig ungeübt, und ich bin auch nicht gerade der beste Seemann der Welt. So schlimm war es doch gar nicht.«

Später an dem Abend sagte Carl zu mir: »Wenn du das noch ein Mal machst, hau ich dich grün und blau.«

Er war damals schon stärker als ich, obwohl er zwei Jahre jünger war. Aber ich ließ es nicht seinetwegen bleiben, sondern weil ich sah, dass es nichts brachte.

Onkel Tom konnte mich rasend machen.

Jetzt saß er auf meinem Sofa und schaute aus dem Fenster. Er sah müde aus.

»Gibst du einen aus?«

Ich holte eine Flasche Whisky und zwei Gläser.

»Leider ist im Zustand deiner Mutter eine Verschlechterung eingetreten«, sagte er.

Er trank einen Schluck und blinzelte mit seinen runden Augen.

»Eine Verschlechterung«, fragte ich. »Wie ernst ist es?«

Er seufzte.

»Sehr ernst.«

Draußen auf dem Treppenaufgang begann ein Hund zu bellen, laut und wütend.

»Was bedeutet das?«

Er zog ein Taschentuch heraus und schnäuzte sich.

»Noch eine Woche, vielleicht.«

Eine Taube landete auf dem Fenstersims und blickte neugierig herein. Wir schauten zurück, bis sie wegflog.

»Ich bin, wie du vielleicht weißt, auf einer Dienstreise gewesen, und ...«, sagte ich.

Er schwieg eine Weile.

»Ich bin überzeugt, die Verschlechterung wäre auch eingetreten, wenn du hier gewesen wärst«, sagte er dann mit einem schwachen Lächeln.

Ich machte mir nicht die Mühe einer Antwort. Ich machte mir nicht mehr die Mühe, mich über ihn aufzuregen. Es brachte nichts.

»Das Merkwürdige ist«, sagte er, »dass sich die Krankheit deiner Mutter exakt so entwickelt wie die deines Vaters. Als wollte sie ihn nachahmen.«

»Woher weißt du das?«

Er blickte erstaunt auf.

»Dein Vater war mein Patient. Hast du das nicht gewusst?«

Ich schwieg. Ich trank und merkte, dass ich meine Ohren verschlossen hatte. Halt die Fresse, sagte es andauernd in mir, nach all diesen Jahren, du darfst meinen Vater nicht einmal erwähnen.

»Wo ist er gestorben?«

»Draußen in der Villa, in seinem eigenen Bett.«

Ich versuchte zu gähnen, um die Ohren wieder zu öffnen. Ich merkte plötzlich, dass ich seine runden, neugierig forschenden Augen nicht ertragen konnte. Ich stand auf und trat ans Fenster.

»Im selben Bett, in das deine Mutter sich jetzt legen will«, sagte er in meinem Rücken. »Erinnerst du dich nicht?«

An der Straßenbahnhaltestelle blieb eine junge Frau mit dunklem Teint stehen. Sie stellte einen Hut vor ihre Füße und stopfte eine Handvoll Geldscheine hinein. Dann zog sie eine Panflöte aus ihrer Handtasche und begann zu spielen.

Ich hatte noch immer dieses Sausen in den Ohren. Nichts. Überhaupt nichts.

Onkel Tom sagte: »Auch sie will jetzt dahin. Nach Hause in die Villa.«

»Was sagen die Ärzte?«

»Die beschäftigen sich lieber mit Patienten, die noch eine Chance haben.«

Menschen gingen geschäftig an der Frau vorbei und schauten weg, als mache sie der Hut zu ihren Füßen verlegen.

»Weiß sie, dass sie keine mehr hat?«

»Sie weiß ja, wie es mit deinem Vater gegangen ist.«

»Aber sollte man ihr nicht geradeheraus sagen, wie es um sie steht?«

Er schaute eine Zeit lang in sein Glas und schwenkte einen Eiswürfel darin.

»So einfach ist das nicht, Olof. Eigentlich wollen die Menschen nur so lange, wie sie gesund sind, dass man ihnen geradeheraus die Wahrheit sagt.«

Offen und ehrlich miteinander reden – was für eine naive Vorstellung im Grunde.

»Ich bin nicht sicher, ob es eine gute Idee wäre, Tom.«

Er nickte.

»Offen gestanden, ich auch nicht. Aber ich sehe keine andere Möglichkeit, als dass wir ihr ihren Wunsch erfüllen.«

Er erhob sich.

»Gebe Gott, dass auch wir jemanden haben, der tut, was wir uns von ihm wünschen, wenn es so weit ist.«

Damit ging er. Durchs Fenster sah ich ihn einen Moment vor der jungen Frau stehen bleiben, die auf ihrer Flöte einen alten Dylan-Song spielte. Er stand da und hörte mit gesenktem Kopf zu: *The answer, my friend, is blowin' in the wind …* Dann legte er einen Geldschein in ihren Hut und ging weiter.

Ich habe meine Sachen in einem Handkoffer untergebracht, der fertig gepackt neben der Haustür steht. Carl hat verkündet, ich solle nur nehmen, was ich haben wolle, ihm sei es egal, er wolle mit einem Innenarchitekten reden, mit dessen Hilfe er das Haus von dem alten Plunder zu entrümpeln und die Bruchbude so umzubauen gedenke, dass Menschen darin wohnen könnten.

Mein Koffer ist so gut wie leer. Etwas Spielzeug, ein paar Fotos, Papas alter Ölmantel.

Dabei habe ich gedacht, es gäbe hier jede Menge Dinge, die ich retten wollte, alte, undichte Zinnkrüge, seltsame Keramikdosen in Tierform, eine Schnecke, ein Huhn, ein Nähkästchen aus zusammengeleimten Zündhölzchen, Petroleumlampen. Ich bin durch sämtliche Zimmer gegangen, habe ein kurioses Ding nach dem andern in die Hand genommen, sie eine Weile darin gewogen und dann wieder zurückgestellt.

Sie lassen sich nicht retten. Auf eine eigenartige Art hängt jedes einzelne von ihnen mit den anderen zusammen. Wenn man sie voneinander trennt, werden sie absurd und bedeutungslos.

Vielleicht hat Carl recht: Der Müllcontainer, in den er sie bald werfen wird, ist ihre folgerichtige Endstation.

Es wird ja doch nichts mehr so wie früher.

Und das meiste lässt sich ohnehin nicht in einen Koffer packen: die Gerüche, die Schatten der geraden Kiefern über den Blaubeersträuchern, die grüne, geheimnisvolle Färbung des Wassers, das leise zwischen den Steinen um das Fundament des Bootsstegs schwappt.

Und ich habe geglaubt, ich würde all das vermissen und mein erzwungener Aufbruch wäre von Schmerz und Trauer erfüllt. Dabei empfinde ich jetzt fast Erleichterung.

Das macht mich wütend. Es fühlt sich an, als hätten sie mir unrecht getan, nicht nur, indem sie mir meine alte Sommerfrische nahmen, sondern indem sie mir auch noch den Schmerz über den Verlust raubten.

Onkel Tom kümmerte sich um alle praktischen Maßnahmen, die zu treffen waren. Er lieh eine Reihe medizinischer Apparate, brachte sie hinaus zur Villa und richtete Mutters Zimmer her. Er engagierte eine pensionierte Diakonisse, die sich Schwester Heidi nannte.

Eigentlich fiel mir nur eine einzige Aufgabe zu: Carl anzurufen.

Ich fand seine Nummer in meinem Telefonverzeichnis. Ich konnte mich nicht erinnern, wann ich sie dort eingetragen hatte. Angerufen hatte ich ihn nie. Seit mehr als zehn Jahren hatte ich weder ihn noch Klara wiedergesehen. Das letzte Mal sah ich sie, unmittelbar bevor sie ihre Maschine in die USA bestiegen. Die IT-Branche steckte noch in den Kinderschuhen, fand Carl. Zu Hause in Finnland konnte er nichts erreichen. Er hatte ein Angebot von einem amerikanischen Großkonzern erhalten. Das war schmeichelhaft und lockte.

Ich hatte sie zum Flughafen gefahren. Wir setzten uns in die Abflughalle und tranken einen Tee.

»Zurückkommen kann man jederzeit«, sagte Carl, »aber in die andere Richtung bekommt man vielleicht nicht so viele Chancen.«

Leeres Gerede natürlich. Ich wusste, dass er nicht zurückkommen würde. Ich wusste, dass er seine Karriere vor Augen hatte, eine schnurgerade Stufenleiter bis hinauf an die Spitze.

Klara sah durchs Panoramafenster nach draußen, wo ein riesiges Flugzeug brav wie ein Hündchen einem kleinen Kastenwagen mit einem gelben Blinklicht auf dem Dach folgte.

»Vielleicht bekommt man überhaupt nur wenige Chancen.«

Follow me, stand auf dem Schild.

Sie wirkte müde. Ich merkte, dass ich keine Lust hatte, sie zu fragen, was sie damit sagen wolle, und im nächsten Moment sahen wir Mutter kommen.

Mit gerader Haltung, das Kinn in die Luft gereckt, trat sie mit langsamen, gemessenen Schritten in die Cafeteria, eine tragische Heroine aus einem alten Stummfilm. Sie würdigte uns keines Blickes. So weit wie möglich von uns entfernt ließ sie sich an einem freien Tisch nieder und drehte uns den Rücken zu.

Sie trug Schwarz. Das Gesicht mit einem Trauerflor verhängt.

»Ist sie verrückt geworden?«

Carl schüttelte den Kopf.

»Geworden?«, fragte er, stand auf und ging zu ihr hinüber.

Klara wandte den Kopf und sah mich nachdenklich an.

»Er vertut sich«, sagte sie. »Gerade zurückkommen kann man nie.«

Carl hatte sich neben unsere Mutter gestellt und beugte sich über sie. Sie sagte etwas zu ihm, und ich sah, wie er in die Höhe fuhr, als hätte sie ihm ins Gesicht gespuckt. Dann kam er fast im Laufschritt zu uns zurück.

»Es ist aussichtslos«, sagte er. »Komm, Klara!«

Sein Gesicht war rot angelaufen. Er ging zur Rolltreppe, ohne sich umzusehen.

Klara blieb neben mir stehen. Sie legte mir die Hand auf die Schulter und ließ sie für einen Augenblick dort ruhen.

»Adieu, Olof.«

Es hörte sich schrecklich feierlich an.

Dann folgte sie Carl. Auf der Rolltreppe, gerade bevor ihr Kopf unter den Fußboden versank, drehte sie sich um. Ich sah, dass sie lächelte. Ich wusste nicht, warum, und es war zu spät, sie zu fragen.

Ich fuhr Mutter nach Hause. Sie nahm auf dem Rücksitz Platz, wie in einem Taxi, schaute aus dem Fenster und schwieg. Sie guckte finster. Zwischendurch wischte sie sich mit einer schnellen, unwilligen Bewegung über die Augen, wie eine kleine Ohrfeige.

»Was hast du zu ihm gesagt, Mama?«

Sie schaute mich im Rückspiegel an und sah mit einem Mal vollkommen hilflos aus.

»Ich habe ihn nur gefragt, ob er fremde ältere Damen immer gleich duzen würde.«

Dann legte sie sich auf den Rücksitz. Den ganzen Weg über hörte ich ihr Schluchzen in meinem Rücken. Wie das eines kleinen Kindes.

Zu meiner Überraschung war er sofort am Apparat.

»Carl Axelsson.«

Mit amerikanischer Färbung: Äxlsen. Er klang verschlafen.

»Ich bin's, Carl«, sagte ich.

Er sagte nichts.

»Hier ist Olof«, sagte ich und fühlte mich blöd.

»Das höre ich«, antwortete er. »Ist sie gestorben?«

»Nein.«

»Wieso rufst du mich dann mitten in der Nacht an, Mensch?«

Ich hatte nicht daran gedacht, dass in San Francisco Nacht war.

»Es geht ihr schlechter, Carl. Tom meint, es handelt sich nur noch um Tage. Und sie will raus nach Vidarnäs gebracht werden.«

»Es geht um Mutter«, hörte ich ihn sagen, »es ist Olle«, und ich versuchte mir vorzustellen, wie sie im Bett lagen, er und Klara. Zu meiner Überraschung stellte ich fest, dass ich mich nicht an ihr Gesicht erinnern konnte. Ich sagte: »Sie will, dass du nach Hause kommst, Carl.«

»Ich bin zu Hause«, sagte er.

Es wurde ein richtiger kleiner Autokonvoi, Onkel Tom an der Spitze, dann der Krankenwagen, dann mein Wagen mit einer strickenden Schwester Heidi auf dem Beifahrersitz. Es schien ein Schal zu werden.

»Das weiß ich noch nicht«, erklärte Schwester Heidi. »Ich entscheide mich erst, wenn ich schon ein Stück weit gekommen bin.«

Der Wagen war mit ihren Sachen vollgestopft: zwei große Koffer im Kofferraum, auf dem Rücksitz ein altes Grammofon mit Kurbel, ein paar Taschen voller Schellackplatten und ein Käfig, in dem ein gelb-grüner Wellensittich laut zeterte.

Sie ist ein bisschen exzentrisch, aber sehr zuverlässig, hatte Tom behauptet.

Schwester Heidi lachte. »Manchmal ribbele ich alles wieder auf und fange wieder von vorn an.«

Erstaunlicherweise roch sie nach Parfüm, nach einem eigentümlich maskulinen Duft, fast wie Onkel Toms Rasierwasser.

»Es kommt gar nicht immer so darauf an, was es am Ende wird«, sagte sie, »Hauptsache, man hat etwas, mit dem man sich beschäftigen kann.«

Sie trug einen langen grünen Mantel und einen viereckigen Hut in der gleichen Farbe: eine Mary Poppins im Ruhestand.

»Der Piepmatz heißt Riccardo«, verkündete sie, »nach einem italienischen Mittelstreckenläufer, den ich bei der Olympiade in Helsingfors kennengelernt habe.«

Sie war groß und mager. Ihr Gesicht sah aus wie eine Karikatur aus einem Ture-Sventon-Comic: Hakennase und drei gerade Striche, zwei für die Augen, einer für den Mund.

»Auch bei Männern ist es im Allgemeinen das Beste, wenn man sie in Käfigen hält«, sagte sie.

»Was hielt Riccardo davon?«

»Das Problem mit Riccardo war, dass er zu schnell laufen konnte.«

Wir kamen an einem kleinen See vorüber. Mein Vater hatte einmal behauptet, es gäbe darin schwarze Barsche.

»Stimmt das?«, fragte sie.

»Ich weiß es nicht.«

Sie warf mir einen neugierigen Blick zu. »Sie haben nie versucht, es herauszufinden?«

»Nein.«

»Warum nicht?«

Ich fand ihre Fragen ein wenig übergriffig, zumal ich mir tatsächlich mehrfach vorgenommen hatte, der Sache auf den Grund zu gehen, dann aber immer vergessen hatte, eine Angel mitzunehmen.

»Es hat sich nicht ergeben.«

Sie blickte über den See und fragte: »Und Sie haben nicht etwa Angst, nur einen ganz gewöhnlichen Barsch herauszuziehen?«

Mutter war müde, still und hatte Schmerzen. Aber sie wollte unbedingt auf eigenen Beinen ihr Haus betreten, hatte sie beschlossen, vielleicht, weil sie wusste, dass es ihre letzten Schritte überhaupt sein würden. Onkel Tom und Schwester Heidi stützten sie zu beiden Seiten mit geübten Krankenpflegerarmen, geleiteten sie in ihr Zimmer und machten die Tür hinter sich zu.

Ein schwacher Geruch von Krankenhaus hatte sich im ganzen Haus verbreitet.

Ich setzte mich auf die verglaste Veranda und fühlte mich überflüssig. Nach einer Weile kam Onkel Tom und ließ sich aufs Sofa fallen, hob einen Aschenbecher an und stellte ihn wieder hin, nahm die Brille ab und sah genauso überflüssig aus.

»Da wären wir also«, sagte er.

Er stand auf und trat ans Fenster.

»Zwischen den Birken am Ufer müsste mal ausgelichtet werden.«

Nur über meine Leiche, pflegte Mama zu dem Vorschlag zu sagen.

»Ich habe ihr eine Spritze gegeben«, sagte Onkel Tom und ging mit abgewandtem Kopf zur Verandatür. »Sie wird bald einschlafen, aber vorher möchte sie dir noch etwas sagen.«

Er ging hinab zum Strand und setzte sich ans Ende des Stegs, und ich erinnerte mich plötzlich, wie er dort einmal lange mit Mama zusammengesessen hatte, als plötzlich weiter draußen auf dem Wasser ein großes Taxiboot heranpflügte.

Ich hatte es bestellt.

Ich hatte verstanden, dass Tom in die Stadt wollte. Wann

genau, wusste ich allerdings nicht. Doch da sich Mama und Tom gerade im Laden aufhielten und ich selbst auf der Pier für den Dampfer stand, als das Taxiboot anlegte, glaubte ich, dann könnte ich Holmström gleich für den Abend bestellen, um Tom abzuholen.

Als sich das Taxiboot näherte, saßen Mama und Tom auf der Veranda und tranken Tee.

»Was es für einen hässlichen Kurs nimmt«, sagte Mama.

»Es kommt doch nicht etwa hierher?«, wunderte sich Tom.

Ich lief zum Anleger hinunter und schnappte die Fangleine. Kurz darauf kam Tom.

»Gut'n Abend«, grüßte Holmström.

»So?«, machte Tom.

»So?«, fragte Holmström.

»Was liegt an?«, erkundigte sich Tom.

Holmström guckte erstaunt.

»Der Herr möchte in die Stadt.«

»So? Möchte ich das?«

»Das hat der Junge jedenfalls gesagt.«

Tom blieb eine Weile stumm. Ich schaute ins Wasser. Ein Schwarm Rotfedern mit grünlich gelben Rücken schwamm unter dem Steg.

Ich vermutete, dass er mich ansah.

Dann ging er zum Haus zurück.

»Gibt es ein Missverständnis?«, fragte Holmström.

Ich schüttelte den Kopf. »Die beiden vergessen bloß alles«, sagte ich.

Als er und Mama zum Steg zurückkamen, trug Tom seinen kleinen braunen Lederkoffer. Er stieg gleich ins Boot.

»Dann mal los«, sagte er.

Ich löste die Leine. Holmström startete den Motor und wendete den Bug. Die große Schraube wirbelte das Wasser auf und ließ den Schwarm Rotfedern sich blitzschnell auflösen und verschwinden.

Mutter setzte sich ans Ende des Stegs. Das Motorboot brummte davon und wurde kleiner und kleiner. Mama sah ihm nach und schwieg.

Ich überlegte, was sie wohl sagen würde, wenn sie den Mund wieder aufmachte.

Aber sie sagte gar nichts. Stattdessen brach sie in Tränen aus.

»Mama«, sagte ich, »ich wollte doch nur behilflich sein ...«

Sie antwortete nicht. Schluchzte und weinte in einem fort.

»Musst du denn so traurig sein, nur weil Tom gefahren ist?«

Da griff sie nach mir und zog mich in ihre Arme.

»Sei still«, schluchzte sie, »du kleiner, dummer Junge, sei still ...«

So saßen wir lange, sie hielt mich im Arm und weinte, und das große Taxiboot brummte hinaus aufs Fahrwasser zwischen den Schären und entfernte sich immer weiter.

Mama lag auf dem Rücken, mit geschlossenen Augen. Erst jetzt, wo sie in ihrem eigenen Bett lag, sah ich richtig, wie sehr sie sich in den drei Monaten im Krankenhaus verändert hatte. Sie war geschrumpft, ihr Gesicht war eingefallen. Die Haut wirkte gelblich und merkwürdig gespannt, als würde auf der Stirn, um die Augen, die Nase und das Kinn der Schädel selbst hervortreten.

Sie atmete schwach, vereinzelte, leicht pfeifende Seufzer.

Sie sah aus wie eine tote alte Frau.

Ich setzte mich an ihr Bett und nahm ihre Hand. Sie fühlte sich kühl und hart an, und unglaublich klein.

»Ich schlafe nicht«, wisperte sie nach einer kleinen Weile, ohne die Augen zu öffnen.

»Mama wird bald einschlafen«, flüsterte ich zurück, unbeholfen von Geburt an, wie Carl über mich zu sagen pflegte. Sie aber lag ganz still da, als wären die dünnen Atemzüge das Einzige, was sie noch schaffte. Dazwischen zuckte es um ihre Mundwinkel, ein merkwürdiges Lächeln, das ihre schmalen bläulichen Lippen spannte.

»Tom ist lieb«, flüsterte sie.

»Sicher.«

Unruhig drehte sie den Kopf.

»Du bist auch lieb …«

Plötzlich schlug sie die Augen auf und blickte mich an.

»Wann kommt Carl?«

II

Ich hatte es geschafft, mich bis zur Glaswand durchzudrängeln. Anscheinend war mindestens ein Dutzend Maschinen gleichzeitig gelandet. Die Ankunftshalle quoll über von Menschen mit hochroten Köpfen, die nach ihren Koffern Ausschau hielten und mit ihren Gepäckkarren zusammenstießen wie auf dem Autoscooter auf Borgbacken, wo Carl es immer schaffte, den schnellsten Scooter zu erwischen, und mich dann, sooft er konnte, von hinten rammte.

Ein Junge von etwa zwölf Jahren schlängelte sich zwischen den Karren hindurch bis zur Glaswand. Da blieb er stehen und stopfte die Hände in die Hosentaschen. Er musterte uns Wartende auf der anderen Seite, einen nach dem andern. Als er mich sah, blieb sein Blick an mir hängen.

Das gleiche gelockte, weizenblonde Haar, die gleichen hellblauen Augen und schweren Lider, der gleiche Blick, forschend und doch zugleich irgendwie schläfrig.

Plötzlich wusste ich wieder, wie Klara aussah.

Er stand da und musterte mich von Kopf bis Fuß, als ob ich ein Stück Vieh wäre und er mich taxierte, um einen Preis abzuschätzen.Ich winkte ihm zu. Ich formte mit den Lippen seinen Namen: Hej, Sam.

Er betrachtete mich noch ein Weilchen. Dann nickte er, als hätte er sich für einen Preis entschieden, machte auf dem Absatz kehrt und ging, ohne die Hände aus den Taschen zu nehmen. Ich vermutete, der Preis war nicht sonderlich hoch angesetzt.

Sie wurden vom Zoll aufgehalten. Ein pingeliger Beamter durchsuchte alle ihre vier Koffer. Es machte Carl wahnsinnig.

»Verdammte Idioten! Mit zwei minderjährigen Kindern im Schlepptau wird man wohl kaum Drogen schmuggeln. So viel sollten sie sich eigentlich denken können!«

Klara lachte. »Vielleicht denken sie gerade, dass du dir genau das möglicherweise gedacht haben könntest.«

Sie hatte die Haare kurz geschnitten und dunkel gefärbt. Es stand ihr nicht besonders. Sie sah merkwürdig streng und offiziell aus, wie eine Lehrerin oder Krankenschwester.

Sam gab mir die Hand, nickte und steckte sie wieder in die Tasche. Sein jüngerer Bruder Sebastian tobte herum wie ein wild gewordener Handfeger, wollte zu einem großen Bildschirm mit Werbespots in einer Ecke, wollte ein Eis, musste Pipi, wollte wissen, wann wir ankämen, wollte alles auf einmal.

»Sag deinem Onkel Guten Tag!«, herrschte Klara ihn an.

Neugierig sah er mich an. Flinke, dunkle Augen, ein offenes, eifriges Gesicht, das genaue Ebenbild von Carl, als hätten die Gene der Eltern vereinbart, sich auf je einen der Jungen zu konzentrieren.

»Hej, Onkel«, sagte er, »ich heiße Sebastian, bin acht Jahre und ein pain in the ass.«

Er lachte fröhlich und schoss los zu einem Parkautomaten, an dem er eifrig sämtliche Knöpfe zu drücken begann, an die er heranreichte. Im nächsten Augenblick kam er zu uns zurückgerannt, eine Münze in der Faust.

»Guckt mal, was ich gefunden habe!«, schrie er triumphierend.

Carl stellte die Koffer neben meinen Corolla.

»Wie, zum Teufel, sollen wir denn alle in die kleine Kiste passen?«

»Liebling, es handelte sich doch bloß um eine normale Zollkontrolle. Das kann doch jedem passieren.«

»Der Onkel kann ja ein Taxi nehmen«, schlug Sebastian vor.

Sam zog die Hand aus der Hosentasche und führte sie hinter Sebastians Rücken.

»Idioten!«, schimpfte Carl und begann, die Koffer im Kofferraum unterzubringen.

»Au, lass das!«

Sebastian schlug einen linken Schwinger nach Sam, der gekonnt auswich. Klara seufzte.

»Manchmal können wir auch richtig nett sein, manchmal«, sagte sie. Carl zwängte sich auf die Rückbank, einen Jungen links, den andern rechts neben sich und einen Koffer auf dem Schoß.

»Ich habe finnisches Geld und du nicht, ätsch«, sagte Sebastian und hielt seinem Bruder die Münze unter die Nase.

»Wie geht's der alten Dame? Nichts Neues?«

Ich schüttelte den Kopf.

Carl umklammerte mit beiden Händen den Koffer und starrte wütend geradeaus.

»In einer Woche fliegen wir zurück«, sagte er.

Hoffen wir, dass Mama sich beeilt, konnte ich mir gerade noch zu sagen verkneifen und bekam den Verdacht, dass doch mehr hinter seinem Ärger steckte als eine Routinekontrolle beim Zoll.

Als wir ankamen, gingen sofort alle vier zu Mutter hinein.

»Es geht ihr heute schlecht«, sagte Tom, »ich hoffe, sie erkennt euch.«

Die Jungen kamen gleich wieder aus ihrem Zimmer. Sam sah traurig aus. Sebastian machte sich mit methodischem Eifer daran, alles zu untersuchen; er verhedderte Schwester Heidis Wolle, schaffte es, eine Wanduhr zum Stehen zu bringen, und kroch auf der Jagd nach Schätzen, die er in einem alten Hut unseres Vaters zu sammeln gedachte, unter Tische und Bänke.

Ich hatte mir keine Vorstellung gemacht, wie oft man in kürzester Zeit »Sei vorsichtig mit ...« sagen kann.

Tom reichte es irgendwann, er ging in sein Zimmer und schloss die Tür. Schwester Heidi beobachtete uns mit einem belustigten Lächeln.

Sam guckte noch immer traurig. Er setzte sich neben mich aufs Sofa. Etwas zweifelnd musterte er mich von der Seite, beugte sich dann zu mir und flüsterte: »Ist sie schon tot?«

Ich schüttelte den Kopf.

»Ich muss kacken«, sagte Sebastian.

»Soll ich mitkommen und dir zeigen, wie man's macht?«, fragte Schwester Heidi.

»Musst du auch kacken?«

Schwester Heidi lachte. »Komm mit, ich zeige dir ein lustiges Häuschen.«

Der Bengel kroch unter dem Sofa hervor, stieß sich den

Kopf an einer Sesselkante, guckte entzückt und rief »Bingo!«, dass es schallte, dann folgte er Schwester Heidi auf den Fersen.

»Hattest du den Eindruck, dass sie tot aussieht?«

Sam überlegte.

»Ich habe noch nie einen Toten gesehen«, sagte er.

»Ich auch nicht.«

Er überlegte wieder. »Aber wenn sie die ganze Zeit tot aussieht, wie soll man dann wissen, wann sie wirklich tot ist?«

Ich stellte fest, dass ich darauf keine gute Antwort parat hatte. »Wenn sie aufhört zu atmen, ist sie tot.«

Er schien nicht überzeugt. »Ich habe sie nicht atmen gesehen.«

»Fandst du, dass es unangenehm aussah?«

Er schwieg. Er schien sich mit Antworten grundsätzlich Zeit zu lassen.

»Nein«, sagte er, »aber ich glaube, Papa fand das.«

Sebastian stürmte herein, außer sich vor Aufregung. »Sam, es gibt bloß zwei große Löcher und kein Wasser. Du wirst durch ein Loch fallen und direkt in meinen Würsten landen, ha, ha, ha!«

Er kam zu mir, legte mir seine kleinen, schwitzigen Hände auffordernd auf die Knie. »Jetzt musst du mit mir spielen, Onkel!«

»Wir könnten vielleicht ein bisschen angeln«, sagte Schwester Heidi.

Ich stellte fest, dass ich sie immer besser leiden konnte.

Wir marschierten zu einem alten Komposthaufen, in dem ich Würmer zu finden hoffte. Ich machte ein paar Stiche mit dem Spaten. Sebastian warf sich auf alle viere und wühlte mit den Fingern durch den Kompost wie ein Maulwurf. Alles, was er fand, waren ein paar zottige Wurzeln.

»Dürfte ich den Spaten haben?«, fragte Schwester Heidi.

Sie studierte den Komposthaufen. Sie fasste sich ans Kinn, als hätte sie ein schwieriges Problem zu lösen. Sebastian sah ihr mit aufgerissenen Augen zu.

»Sag, wo find' ich Würmer frische, dass ich viele Fische fische«, summte sie.

»Hier, hier!«, schrie Sebastian und stampfte mit dem Fuß auf.

Drei Spatenstiche später hatten sie ein Dutzend gefunden. Triumphierend hielt Sebastian den größten von ihnen hoch, einen Regenwurm, lang wie eine Zigarre und ungefähr genauso dick.

»Guck mal, Onkel!«

Gehorsam besah ich mir das Ding. Sebastian musste mich auf der Stelle durchschaut haben, mich und meinen beträchtlichen Widerwillen gegen Würmer. Jedenfalls bekam er sofort einen listigen Gesichtsausdruck und sagte: »Soll ich dich damit beschmeißen?«

Dann marschierte er zum Anlegesteg. Ich trottete hinterher und fühlte mich wieder einmal überflüssig.

Es gab drei Angelruten, was Sebastian unmittelbar zu einer Schlussfolgerung bewog: »Der Onkel kann zugucken.«

Schwester Heidi lächelte und meinte: »Vielleicht hat der Onkel nichts dagegen.«

Ich fühlte mich überflüssig und durchschaut. Ich ließ mich am Strand auf einem Liegestuhl nieder.

»Ich werde hundert Fische mehr fangen als du, Sam«, kündigte Sebastian an.

Wenig später kam Klara anspaziert und setzte sich neben mich.

»Eine Diakonisse, die angelt«, stellte sie fest.

»Ein Wunder«, sagte ich.

Der Wind flaute ab. Es wurde langsam dämmerig. Eine kleine Schleierwolke verwischte für einen Augenblick die Konturen der Sonne.

»Guck mal, Mama«, schrie Sebastian, »ich angele mit der Schwester!«

»Du angelst mit einem Wurm«, sagte Schwester Heidi.

Sebastian bekam einen Lachanfall, dass er beinah ins Wasser gefallen wäre.

»Deine beiden Jungen sind ziemlich verschieden«, sagte ich.

Klara lächelte. »Zum Glück.«

Eine schöne alte Sechs-Meter-R-Jacht fuhr langsam draußen vorbei. Das rote Ballonsegel sackte in regelmäßigen Abständen sacht zusammen: das atmende rote Herz des Schiffs.

»Ist sie überhaupt zu sich gekommen?«

Klara nickte.

»Hat sie euch erkannt?«

Sebastian zog einen Barsch aus dem Wasser, aber der Fisch konnte sich vom Haken und aus seinen übereifrigen Händen winden. Es folgte ein Riesentheater.

»Sie hat Carl wiedererkannt.«

Klara sah mich mit ihren schläfrigen, forschenden Augen an.

»Weißt du eigentlich, dass du dich kein Jota verändert hast?«, sagte sie. »Wo hast du dich die ganzen Jahre über versteckt? Wo bist du gewesen?«

Sie sah amüsiert aus.

»Wer hat dich so zeitlos gemacht?«

Ich schwieg.

»Und geheiratet hast du auch nicht. Warum nicht?«

Ich zog es vor, auch darauf keine Antwort zu geben.

»Du hast die Haare anders«, sagte ich.

Es hörte sich, gelinde gesagt, banal an.

Sam fing einen Barsch.

»Das ist Pfusch!«, kreischte Sebastian. »Das ist wieder derselbe Barsch, das ist mein Barsch, gib ihn her!«

Eine Mantelmöwe segelte auf ausgebreiteten Schwingen vorbei und betrachtete neugierig den Steg.

»Das Seltsame ist«, sagte ich, »dass Mutter hier liegt und stirbt und das aber irgendwie … an mir vorbeigeht.«

Sie sah mich an, forschend. Sie sah noch immer belustigt aus.

»Alles ist an dir vorbeigegangen, Olof«, sagte sie.

Danach saßen wir nebeneinander und schwiegen, während der Wind wehte, die Diakonisse und die Jungen angelten, die Sechs-Meter-R-Jacht in der Ferne verschwand und Mutter vor sich hin starb.

Einige Zeit später tauchte Carl auf. Er sah blass und erstaunlich wütend aus. Er stellte sich neben den Fahnenmast und schlug mit der Faust dagegen.

»Das Monstrum hier müsste auch mal gestrichen werden«, sagte er.

Damals, als es passiert ist, hatte sie langes, weizenblondes Haar. Es war folgendermaßen: Ich war einige Jahre zuvor in die Robertsgata gezogen, Carl wohnte noch mit in Mamas Vierzimmerwohnung in der Nervandersgata. Dienstbotenzimmer mit eigenem Eingang, er kam und ging, wann und wie er wollte. Ich nahm an, er blieb da wohnen, weil es ganz einfach das Bequemste und Billigste war.

Ich begegnete ihm fast nie. Die wenigen Male, die ich Mutter besuchte, war er nicht zu Hause. Carl ist in seiner Handelshochschule, hieß es. Carl ist ja dermaßen fleißig. Carls Studium läuft ja so glänzend.

Er war nicht zu Hause, aber Mutter redete nur von ihm.

Als ich hörte, er habe sich verlobt, war ich überrascht. Wann hatte er denn dafür Zeit gefunden?

Mutter begann auch von ihrer zukünftigen Schwiegertochter zu erzählen. Sie freue sich ja so für Carl, sagte sie. Klara komme aus guter Familie, anständige Leute. Was übersetzt bedeutete, dass sie nicht vermögend waren. Das aber schien Mutter nicht zu bekümmern. Nichts, was mit Klara zu tun hatte, bereitete Mama Sorgen. Im Gegenteil. Klara war klug und gescheit. Klara hatte ein so warmes Herz. Außerdem rief sie mindestens einmal in der Woche an und unterhielt sich so nett mit ihr. Nach Mutter zu urteilen, war Klara die rücksichtsvollste, umsichtigste, liebenswürdigste und netteste Frau, die Carl sich wünschen konnte, die Traumschwiegertochter schlechthin.

Mama legte sich ins Zeug, dass es krachte.

»Und wann darf man das Wunderwerk einmal kennenlernen?«, erkundigte ich mich. »Kannst du sie nicht mal einladen?«

Doch das schob Mutter von sich, Carl hatte nur selten Zeit, Klara musste einige Prüfungen ablegen, und sie selbst war eigentlich auch meist sehr beschäftigt.

Wir scheinen damals alle sehr beschäftigt gewesen zu sein. Ich hatte eine Lektorenstelle an der Universität auszufüllen, las mich in Prokofjew ein und bereitete mich auf eine wissenschaftliche Karriere vor, für die ich mich damals geeignet hielt.

Eines Tages erblickte ich Carl durch das Schaufenster eines kleinen Juwelierladens auf der Fredriksgata. Er stand an der Theke, zusammen mit einer Frau, die mir den Rücken zuwandte. Offensichtlich probierten sie gerade Ringe, die sie sich gegenseitig an die Finger steckten.

Von ihr sah ich nicht mehr als den Rücken, ihr langes, weizenblondes Haar.

Es erschien mir nicht als der passende Moment, um mich vorzustellen.

Ich begegnete ihr ein paar Wochen später. Ich hatte gerade eine Vorlesung beendet, die Studenten verließen den Saal, ich packte meine Unterlagen zusammen und merkte, dass eine

Frau zurückblieb. Sie hatte keine Tasche, keine Notizblöcke oder Stifte vor sich auf dem Tisch. Sie saß still da und schaute nachdenklich vor sich hin. Sie war keine von meinen Studentinnen, und das schmeichelte mir ein wenig. Es war jemand eigens gekommen, um mich und meine brillante Analyse des *Frühlingsopfers* zu hören, jemand, der noch immer bezaubert von meinem Vortrag sitzen blieb und seine Eindrücke verarbeitete. Ich ging zur Tür, hatte einen Einfall, drehte mich um und sah sie von hinten: die Haare. Da erkannte ich sie wieder.

Ich ging hin und setzte mich neben sie.

»Du musst Klara sein, stimmt's?«

Sie nickte bedächtig.

»Aha«, machte ich.

Sie sagte nichts.

»Ich nehme an, du weißt, wer ich bin.«

Sie nickte wieder.

»Schön, dich kennenzulernen.«

Sie antwortete nicht.

»Besser spät als nie.«

Sie schwieg. Das Gespräch nahm absurde Formen an.

»Klara«, sagte ich, »stimmt etwas nicht?«

Da drehte sie sich mir zu. Sie sah mich mit ihren grauen Augen an, forschend und zugleich irgendwie schläfrig. Ich verstehe ihn, dachte ich. Ich verstehe meinen Bruder, Herrgott noch mal, ich verstehe ihn …

»Genau das weiß ich nicht«, sagte sie.

In den gegenwärtigen Septembertagen, meinen letzten hier draußen, herrscht mildes, stilles Spätsommerwetter. Die Feriengäste sind abgereist. Die Vögel haben die Landschaft zurückerobert, Säger und Lappentaucher botanisieren im Schilf, große Schwärme von Staren fallen in die Blaubeersträucher ein, um sich für ihre lange Reise zu stärken. Aus dem Wald tönt der verärgerte Ruf des Schwarzspechts: Kwi, kwi, kruh, gib Ruh.

Morgens wallt vom Meer her Nebel heran. Für eine Weile sieht man vor dem Verandafenster nur einen grauen Lappen.

Ich versuche mich an meine Tage mit Klara zu erinnern. Doch auch über sie senkt sich ein Tuch, ein Vorhang, den ich ohne Erfolg zur Seite zu schieben versuche.

Schmale Sehschlitze sind das Einzige, was ich habe.

Carl war nach San Francisco geflogen. Er würde in drei Tagen zurückkommen.

Drei Tage.

Sein neuer Job war unter Dach und Fach. In zwei Wochen sollte er ihn antreten, und er würde Klara mitnehmen. Mutter hatte er das noch nicht erzählt.

Klara hatte ihm ihrerseits noch nicht gesagt, dass sie unter Umständen nicht mit ihm gehen würde.

Drei Tage; nur ein paar Gucklöcher.

Dass man zwölf Stunden in einem Café, in einem Restaurant und in einem Nachtklub sitzen und miteinander reden kann, als ob man sich schon immer, das ganze Leben lang, kennen würde, und es immer noch nicht genug ist – ob es so etwas gibt?

Drei Tage.

Post und Zeitungen, die sich auf dem Fußboden im Flur sammeln. Besprechungen, Vorlesungen, die ich nicht einmal absagte, sondern denen ich einfach fernblieb. Vorgezogene Gardinen, ausgestöpseltes Telefon.

Ich hatte keine Ahnung, dass man so verhext werden kann.

Sie hebt die Arme über den Kopf. Sie streichelt mit den Händen über den Bettrahmen und blickt zur Decke nach etwas, das viel, viel weiter weg ist. Es sieht eigenartig aus, als würde sie winken oder als wolle sie sagen: Ich ergebe mich. Zwischen ihren Brüsten nehme ich einen Duft wahr, den es vielleicht in einer Wiege gibt, in etwas, das nicht einmal eine Erinnerung ist. Und einige Augenblicke später: Das war der Sinn, in Zeit und Ewigkeit, amen.

Ob so etwas geschieht? Ja.

Sie sitzt, die Hände im Schoß, in meinem Sessel. Sie zieht die Schultern ein wenig hoch. Sie sitzt vollkommen still, so als ob sie sich von einer schweren Arbeit ausruht. Sie hat meinen alten Bademantel übergestreift, der einmal Carls war, bevor er ihm zu klein wurde. Der Plattenspieler läuft, leise, als ob wir zwei Flüchtlinge in einer besetzten Stadt wären. Schuberts G-Dur-Quintett, zweiter Satz, die Tränen tropfen von ihrem Kinn und verschwinden im dunkelblauen Frottee des Bademantels, und sie sieht vollkommen glücklich aus.

Weiß man eigentlich jemals, was vor sich geht?

Stellt man sich immer erst hinterher alle Fragen?

Jetzt hat sie Eier gekocht. Sie hat ein Paar lange Hosen und ein Sakko übergezogen, die sie in meinem Kleiderschrank gefunden hat, und mir ist sofort klar geworden, dass ich beides nie wieder wie früher tragen kann, dass ich sie von nun an entweder jeden Tag anziehen oder mich ihrer entledigen muss. Zwei hart gekochte Eier hat sie fabriziert und dazu einen amerikanischen Schlager geträllert, *I Left My Heart in San Francisco*. Es ist mir nicht eingefallen, etwas dazu zu sagen, obwohl ich nicht weiß, ob sie es aus einer unbewussten

Assoziation heraus oder mit Absicht getan hat. Sie war von einer Art unerklärlichem Schimmer umgeben, wie sie da am Herd stand, als würden die Partikel der Luft von der Berührung mit ihrer Haut aufleuchten und als wäre Eierkochen die lustvollste Beschäftigung der Welt. Jetzt hat sie die Eier abgeschreckt, hat die heißen Eier unter den kalten Wasserstrahl aus dem Hahn gehalten und gefühlt, wie sie langsam, gleich einer sonnenwarmen Klippe unter einem nassen menschlichen Körper, ihre Wärme abgeben. Sie kommt auf mich zu. Ich sitze am Küchentisch und schaue sie bloß an, stumm wie ein ergebener Hund. Sie hält mir die Eier hin, eins in jeder Hand, und sagt: »Du bist mir ein Hüter deines Bruders, du«, und bricht in schallendes Gelächter aus, und mir ist sofort klar, dass ich von nun an kein gewöhnliches Hühnerei mehr ansehen kann, ohne an ihr Lachen zu denken, und dass auch das nur ein kleiner Bestandteil all dessen ist, was ich im Leben nie wieder auf die altvertraute Art erleben werde.

Erst hinterher fragt man sich, warum.

Das erste Frühlicht kriecht durch die Lamellen der heruntergelassenen Jalousien. Wenn sie schläft, bekommt ihr Gesicht einen Ausdruck von Verlassenheit und Trauer. Vorsichtig stelle ich das Frühstückstablett auf dem Bett ab. Sie erwacht vom Kaffeeduft, lächelt leise, streckt sich und seufzt. »Ist das der letzte Morgen?«, fragt sie.

»Carl landet in zehn Stunden«, antworte ich, obwohl ich nicht sicher bin, ob das eine Antwort auf ihre Frage ist.

»Wusstest du, dass dieses berühmte Gefängnis Alcatraz auf einer Insel vor San Francisco liegt?«

»Fühlt es sich für dich so an«, frage ich, »als müsstest du in ein Gefängnis ziehen?«

Sie setzt sich im Bett auf. Sie nimmt eine Scheibe Brot und bestreicht sie mit Butter. Auch diese einfache Handlung führt sie mit solcher Würde und Eleganz aus, dass ich schwache Knie bekomme und mich setzen muss.

»Mag sein«, antwortet sie, »aber heute gibt es da ja nur noch Touristen.«

Und nun zieht sie den Mantel über, und wir gehen, und ich weiß schon jetzt, dass diese Zimmer sich immer an sie erinnern werden. Der Fußboden wird mich fragen: »Wo sind ihre Füße?« Und die Wände: »Warum dürfen wir ihren Schatten nicht mehr haben?«

Doch als wir auf die Straße treten, bricht die Welt über mich herein, das Licht, der Verkehr, die Menschen, alles drängt sich auf, alles scheint eine Erklärung zu fordern: Wo hast du gesteckt? Was hast du gemacht? Und während wir den Hang zum Schwedischen Theater hinabgehen, höre ich die dünne Stimme des Gewissens sagen: Jetzt gehst du auf geradem Weg zur Uni, alter Halunke, und darfst dir unterwegs eine verdammt gute Entschuldigung ausdenken! Und jetzt stehen wir vor der Apotheke auf dem Platz vor dem Theater und warten, dass es grün wird. Sie schaut mich von der Seite an, aber ich wage es nicht, ihren Blick zu erwidern, weil ich sicher bin, dass mir ins Gesicht geschrieben steht, was in mir vorgeht. Ich bin dabei, aus unserem Kokon zu fallen, ich stürze in die Wirklichkeit, pardauz: Sich mit der Verlobten seines eigenen Bruders einzulassen, das ist doch wirklich das Letzte.

Sie sagt: »Du bist genau wie Carl. Nur sein komplettes Gegenteil.«

Jetzt gehen wir über die Skillnadsgata, bleiben aber auf

halbem Weg stehen, weil es in der Unterführung einen Kiosk gibt, bei dem sie etwas kaufen möchte. Jetzt sind wir an der Tür. »Wartest du hier?«, fragt sie. Ich nicke. Plötzlich lächelt sie. »Obwohl eigentlich du Carls kleiner Bruder sein solltest«, sagt sie und geht die Stufen hinab und verschwindet im Untergrund.

Da gehe auch ich. Ich verlasse sie, ein Abgang, den ich unmittelbar vor mir selbst rechtfertigen muss. Bloß keine zu Herzen gehenden Szenen, kein beschämender Austausch von Phrasen: Schön, dass wir uns begegnet sind, aber sorry; eine elegante, kleine unausgesprochene Antwort auf eine ebenso unausgesprochene Frage; außerdem hat sie es ja selbst darauf angelegt: Carls kleiner Bruder! Ja, ist klar, danke. War es nicht offensichtlich, dass sie selbst es genau so zu Ende bringen wollte?

Hier sieht man mich also auf dem Weg zu meiner Universität, angelegentlich damit beschäftigt, alles fein säuberlich zu unterscheiden, einzusortieren, zu bearbeiten – jawohl.

Wozu?

Um es über mich zu bringen, mich wieder an die Startlinie zu stellen, ein unangenehmes Gespräch mit meinem Professor zu überstehen, meine Studenten treffen zu können, ein Referat über Sibelius' Siebte zu benoten, in der Cafeteria des Porthan zu sitzen und dummes Zeug mit meinen Kollegen zu reden?

Einem einzigen, eitlen Gedanken zuliebe: Diesmal will ich nicht stolpern?

Weil ich letzten Endes doch meines Bruders Hüter bin?

Weil ich mich an ihm rächen will?

Weil ich immer so eine Höllenangst vor ihm gehabt habe?

Eine Woche später rief sie an.

»Könntest du uns zum Flughafen fahren?«

Ich wusste nicht, was ich darauf antworten sollte.

»Ich glaube, es könnte gut für uns beide sein, Schwager«, sagte sie.

In der Tat, der Fahnenmast musste gestrichen werden, bestimmte Carl. Ich durfte den Handlanger spielen. Er ging die Sache methodisch an. Im Holzschuppen fand er, was er brauchte: einen großen Engländer und einen Vorschlaghammer.

Dann machte er sich über die rostigen Muttern am Unterteil des Mastes her. Er bekam sie nicht los.

»Weißt du noch, dass Vater genau auf dieselbe Art gestorben ist?«, fragte ich ihn.

Er schraubte den Schlüssel fest um die obere Mutter, hob den Hammer und schwang ihn ein paarmal durch die Luft. »Und du willst behaupten, du weißt es noch, oder was?«

Ich fragte mich, wie er wissen konnte, dass ich es nicht mehr wusste. »Ich bin schließlich ein paar Jahre älter als du.«

Er lachte trocken auf, ein Schnaufen. »Halt fest!«

»Wo?«

Er deutete auf den Schaft des Schraubenschlüssels.

»Den muss man wohl kaum festhalten, oder?«

Er sah mir direkt in die Augen. »Hast du Schiss?«

Ich hockte mich hin, packte den Schaft so nah wie möglich an der Mutter.

»Du bist doch weggerannt, zum Teufel«, sagte er.

Dann pfiff es dicht an meinem Kopf vorbei. Der Hammer traf mit einem Knall eine Daumenbreite von meinen Händen entfernt auf.

Die Mutter bewegte sich nicht.

»Was meinst du?«

Er hob den Hammer. Er stieß seine Worte zwischen den Schlägen hervor, immer abgehackter, je mehr er außer Atem kam, als wolle er es mir in den Schädel hämmern: Du hast es doch nicht ertragen, Vater überhaupt zu sehen, nachdem er krank geworden war, tagelang bist du in den Wald gerannt, ewig mussten wir dich suchen, du hast im Wald gesteckt oder bei den Nachbarn, und wenn wir dich endlich fanden, wolltest du nicht mit nach Hause kommen, du hast dich auf den Steg der Nachbarn gestellt und gebrüllt: Ich hasse Papa! Ich hasse Papa! Und Tom musste dich zu Fuß durch den Wald zurückschleppen wie einen störrischen Esel …

Da gab die Mutter endlich nach.

Carl warf den Hammer von sich. Er stand da, keuchte und schwitzte. Er war kreidebleich.

»Shit, mir ist total schlecht«, sagte er und ging zum Haus.

»Soll ich die Mutter ganz abschrauben?«

Er machte bloß eine abwinkende Bewegung mit der Hand. Plötzlich blieb er stehen, lehnte sich an eine Kiefer und erbrach sich.

Gegen Ende August verschwinden Fliegen, Bremsen und Wespen wie auf ein geheimes Kommando. Wohin verziehen sie sich? Mein Wissen über Insekten ist lückenhaft. Sterben sie?

Stattdessen fliegen eine Menge Libellen unterschiedlicher Größe und Färbung umher, dünne Stäbchen mit riesigen Flügeln, oft paarweise, in ein kompliziertes, nicht nachvollziehbares Luftballett verwickelt.

Das Foto von Vater ist im Lauf der Zeit ausgebleicht. An den Rändern hat es ein paar dunkle Flecken, Abdrücke meiner Daumen. Dass Carl nicht einen Schlag danebengesetzt hat, erstaunt mich ein wenig. An das, von dem er erzählt hat, habe ich nach wie vor keine Erinnerung. Ich bin sicher, dass es stimmt. Mein Wissen über mein eigenes Leben scheint auch lückenhaft zu sein. Weiß ich über mich am Ende genauso wenig wie über Insekten?

Auch Vaters Foto hat sich verändert, auf dieselbe Weise wie all die anderen Gegenstände, die mit diesem Haus in Verbindung stehen. Es liegt vor mir auf dem Tisch, und ich weiß nicht, was ich damit anfangen soll. Mitnehmen? Hierlassen? Verbrennen?

Sei mir nicht böse, weil ich Carl ein Buch auf den Kopf gehauen habe. Sei auch Carl nicht böse.

Es kommt mir gerade so vor, als hätte ich jedes Mal, wenn ich das Foto hervorgeholt und abgegriffen habe, für irgendetwas um Entschuldigung zu bitten gehabt. Sei Mama nicht böse, sie versucht, so gut zurechtzukommen, wie es eben geht, seit du nicht mehr da bist. Sei Onkel Tom nicht böse, er kann nichts dafür, dass er keine Ahnung hat, wo die Hechte beißen.

Alles bloß Beschwörungsversuche, Sündenböcke, vorgeschobene Ausflüchte anstelle dessen, was ich mich ihm niemals zu sagen traute: Sei mir nicht böse, dass ich es nicht ertrug, dich sterben zu sehen.

Verzeih mir, dass ich dich im Stich gelassen habe.

Magen- und Darminfekt, diagnostizierte Tom und verordnete Carl Bettruhe.

Mama war nur einige wenige Male zu Bewusstsein gekommen, erklärte Tom. Er hatte den ganzen Nachmittag bei ihr gesessen. Er glaubte nicht, dass sie ihn noch erkannt hatte. Sie hatte ängstlich ausgesehen.

Er kannte das, war schon bei anderen dabei gewesen. Und alle hatten sie ängstlich ausgesehen, wie schwach und schmerzgequält sie auch gewesen sein mochten. Ihm war klar geworden, dass auch er selbst, wenn es einmal so weit wäre, denselben Schrecken empfinden würde, dieselbe unvernünftige, paradoxe Angst vor dem Verschwinden. Es gab keinen guten Tod; das erfüllte ihn mit Wut und Verzweiflung und mit einem Gefühl, dass sein ganzes, langes Ärzteleben umsonst gewesen war, weil es ihn nichts anderes gelehrt hatte, als dass sich am Ende keiner aufs Sterben verstand und infolgedessen auch nicht aufs Leben.

Er war müde. Außerdem war er unzufrieden mit sich selbst. Als Arzt und Mutters vertrautester Freund hatte er die ganze Zeit gewusst, wie es kommen würde. Er hatte geglaubt, er sei darauf vorbereitet. Aber er hatte sich etwas vorgemacht.

Dieses Gefühl von Verlust und Verlassenheit hatte sich sein Arztverstand nicht einen Augenblick vorstellen können.

Es war mehr, als er ertrug.

Zudem hatte er sich immer häufiger dabei ertappt, wie er sich wünschte, dass sie aufhören möge zu atmen, dass sie einfach nur so schnell wie möglich sterben solle. Es war ihm sogar der Gedanke gekommen, dass er selbst mit einer geeigneten Medikamentierung nachhelfen könnte. Er hatte sich eingeredet, für seine Reaktion Verständnis zu haben; dennoch erfüllte sie ihn mit Scham und Abscheu.

»Entschuldige«, sagte er, »man sollte nicht laut reden, wenn man seinen eigenen Gedanken nachhängt.«

»Glaubst du, sie stirbt diese Nacht?«

»Ich weiß nicht, ob ich es glaube«, antwortete er, »aber ich hoffe es.«

Es wurde dunkel. Ich machte kein Licht. Ich setzte mich in einen Sessel und schloss die Augen. Plötzlich erinnerte ich mich, wie stolz ich gewesen war, als ich den Flohwalzer endlich mit geschlossenen Augen spielen konnte. Mama hatte es nicht im Mindesten imponiert. Man sollte die Augen offen halten bei dem, was man unter den Händen hat, hatte sie gesagt und über ihre eigene Schlagfertigkeit gelacht.

Vielleicht war ich für einen Moment eingeschlafen.

Er war ein Schleicher, verfügte über die Fähigkeit, plötzlich wie aus dem Nichts irgendwo aufzutauchen.

»Warum ist es hier so dunkel?«, fragte er.

Er knipste eine kleine Tischlampe an und musterte mich neugierig. »Ist es, weil du sie nicht sehen willst?«

Da hast du vielleicht recht, Sam, dachte ich und sagte: »Und du?«

Er gab keine Antwort. Er setzte sich auf die Sessellehne, als hätte er das Gefühl, mir näherkommen zu müssen, oder als hätte ich das Bedürfnis.

»Mama hat gesagt, ich soll kommen.«

Ich nickte.

»Mama meinte, du könntest Gesellschaft brauchen.«

Da hat sie vielleicht ganz recht, dachte ich.

Eine Weile betrachtete er meine Mutter.

»Atmet sie?«, fragte er.

»Ja.«

Er runzelte die Stirn und dachte eine Zeit lang nach.

»Ich habe etwas ausgerechnet«, sagte er dann. »Wenn du aufhörst zu atmen, wenn du genauso alt bist wie sie, und wenn du dreißig Mal in der Minute Atem holst, dann kannst du noch dreihundertvierundneunzig Millionen Mal atmen. Hättest du das gedacht?«

»Wir wollen mit dem Ruderboot fahren, Onkel«, verkündete Sebastian, »und ich werde rudern!«

Das Ruderboot war seit Jahren nicht mehr im Wasser gewesen. Ich fürchtete, dass es undicht geworden war und leckte wie ein Sieb.

»Das macht nichts«, meinte Sebastian, »du kannst ja schöpfen.«

Er und Schwester Heidi hatten es schon geschafft, das Boot umzudrehen und es zum Ufer zu zerren.

»Was für eine blendende Idee«, sagte Tom.

Das Boot hieß *Dagobert* und war vermutlich genauso alt wie die Comicfigur. Es war klein, hatte schon gebrochene Spanten und ein mitgenommenes Dollbord, die Planken wurden von zahllosen Schichten Teer zusammengehalten. In der vorderen Sitzbank befand sich ein rundes Loch. In einem Sommer vor langer Zeit war ich plötzlich davon überzeugt gewesen, dass Vater das Loch gebohrt hatte. Es war auch klar, wozu er das getan hatte: *Dagobert* sollte mit Mast und Segel versehen werden.

Eigentlich war *Dagobert* ein Segelboot.

Papa war natürlich ein großer Segler gewesen.

Aber ich hatte keinen Mast finden können, wie gründlich ich auch auf dem Dachboden und unter dem Haus suchte.

»Nein, Kinder«, hatte Mama gesagt, »ich kann mich beim besten Willen nicht erinnern, dass wir jemals einen Mast hatten.«

Da war mir klar geworden, dass Vater allein segeln gegangen war. Segeln ging er, wenn er für sich sein wollte. Ich sah ihn vor mir, wie er auf der Bank im Heck saß und steuerte. *Dagobert* glitt vom Steg weg, segelte dem Horizont entgegen und entschwand.

Tom zu fragen, war natürlich sinnlos.

Ich hatte lediglich ein halb verrottetes Ruder auftreiben können. In der Bodenwrange gab es eine kleine Vertiefung, die das Ruder an Ort und Stelle hielt. Ich erbettelte mir ein altes Laken, schnitt ein großes Dreieck daraus, das ich an das Ruder nagelte.

Onkel Tom sah ein wenig besorgt aus.

»Alle Jungen tun so etwas«, sagte Mama.

»Denk dran, dass du auf dem Rückweg rudern musst«, mahnte Tom.

Ich lächelte nachsichtig.

Eines schönen Abends stach ich zu meiner Jungfernfahrt

in See. Ein Stück weit ruderte ich hinaus. Dann richtete ich meinen Mast auf. Ich setzte mich auf die Achterbank. Dort fand ich im Dollbord eine Kerbe. Darin legte ich die Pinne fest und holte die Schot dicht.

Es klang wie ein kleiner Seufzer, als der Wind das Segel füllte und das Boot gehorsam Fahrt aufnahm.

Ich wendete seinen Bug dem Horizont entgegen.

Hier komme ich, Papa.

Das Wasser gluckerte um den Steven. Eine Küstenseeschwalbe begleitete mich ein Stück weit und kreischte aufmunternd.

Ich machte gute Fahrt. Nach und nach kam ich immer besser voran, gleichzeitig wurde aber auch der Zug an der Schot stärker. Ich führte es wohl darauf zurück, dass mein Arm langsam müde wurde, doch dann bemerkte ich die dunklen Wolken, die sich in meinem Rücken zusammenballten, und stellte fest, dass der Wind auffrischte.

Ich entschloss mich zur Umkehr.

Doch das war leichter gesagt als getan. *Dagobert* wollte auf keinen Fall wenden. Das Segel begann böse zu flattern, dann legte sich das Boot auf die Seite und rauschte weiter vor dem Wind dahin.

Die Wolken kamen immer näher. Es wurde allmählich dunkel.

Ich musste einsehen, dass Onkel Tom vielleicht nicht unrecht gehabt hatte.

Mit einem fürchterlichen Ratschen riss sich plötzlich das Segel vom Mast los und flog davon.

Es war schwer, gegen den Wind zu rudern. Schultern und Hände begannen ordentlich zu schmerzen. Der Wind pfiff böig und gemein. Lange Zeit kam ich so gut wie nicht von der Stelle.

Dann hörte ich in meinem Rücken das Motorboot. Onkel Tom fuhr eine Wende und kam längsseits.

»Wirf die Leine rüber!«

Ich schüttelte den Kopf und biss die Zähne zusammen.

So ließ er mich eine Weile machen.

Am Ende setzte er sich vor *Dagobert*, schnappte sich die Leine und vertäute sie am Heck des Motorboots.

»Spring rüber!«

Ich schüttelte den Kopf.

Er fuhr langsam. Es dauerte lange, bis wir nach Hause kamen. Den ganzen Weg über rotzte mir der Motor seine Abgase ins Gesicht.

Zum Glück ging kein Wind.

Ich war ein Stück am Schilf entlanggerudert. Sebastian hatte im Angelschrank gewühlt und einen alten Blinker gefunden. Den zog er nun hinter dem Boot her. Er war mindestens fünfzig Gramm schwer und sank wie ein Stein auf den Grund, wo er immer wieder an etwas hängen blieb.

»Glaubst du, dass ich einen riesengroßen Hecht fange, Schwester?«, fragte Sebastian und guckte ein wenig bekümmert.

Schwester Heidi schöpfte. Das Wasser strömte zwischen den Planken nur so ins Boot.

Sam saß vorn im Bug und las ein Buch.

»Wir werden sinken«, sagte er.

Es war ein ruhiger, warmer Abend. Venus funkelte im Laub der Uferbirken wie in einem uralten Märchen.

»Hier haben wir früher Hechtangeln aufgestellt, als wir noch Kinder waren«, sagte ich.

Jeder hatte seine eigene. Carl führte genau Buch darüber, was wir jeweils fingen: Anzahl Fische, Gesamtgewicht. Zwei Kurvendiagramme nebeneinander. Meins bildete meist eine waagerechte Linie.

Sebastian sah mich misstrauisch an.

»Warum kriege ich nicht auch so eine Rute für meine Haken?«

Sam blätterte eine Seite in seinem Buch um und stöhnte leise.

»Jetzt hat einer angebissen!«, rief Sebastian.

Er stand auf und kippte beinahe über Bord.

»Schwester! Hilfe! Bei mir hat einer angebissen.«

Schwester Heidi schöpfte weiter.

»Hol ihn raus, kleiner Mann, zieh!«

Sebastian holte ein, zog und zerrte und hievte ein Riesenbüschel Tang ins Boot.

»Komische Farbe«, merkte Sam an.

»Aber es hat gezappelt!«

»Schmeckt bestimmt gut, wenn man's kocht.«

Sebastian wollte seinem Bruder das Büschel an den Kopf werfen und traf mich.

»Guckt mal, der Onkel hat eine Perücke auf!«

Das Boot schwankte.

»Schaukele nie in einem Boot, weil sonst ein kühles Bad dir droht«, sagte Schwester Heidi.

Sebastian sah sie erwartungsvoll an. »Weiter!«

»Dass alle nass werden beim Kentern,
lässt sich dann leider nicht mehr ändern.«

Sebastian lachte.

»Dann wirst du auch nass, Sam, ha, ha!« Das Boot lief langsam, aber sicher voll Wasser. Die Bodenbretter begannen schon aufzuschwimmen. Ich fragte mich, ob wir nicht über kurz oder lang ohnehin alle nass würden.

»Und jetzt will ich rudern«, verkündete Sebastian.

Ich übergab ihm die Ruder, verzog mich nach achtern und übernahm die Schöpfdose.

Es war ein ungleiches Spiel, die Dose war viel zu klein.

»Jetzt rudere ich nur mit einem Ruder«, erklärte Sebastian und ergriff das Steuerbordruder mit beiden Händen. Das an Backbord glitt gemächlich aus seiner Dolle und schwamm davon. Der Junge streckte sich nach ihm und ließ dabei das zweite Ruder los, das sich in der anderen Richtung ebenso davonmachte.

»Shit«, sagte Sam.

»Wer kann segeln wohl ohne Wind, wer kann rudern ohne Ruder ...«, sang Schwester Heidi.

»Oh, guckt mal, guckt mal«, schrie Sebastian und sah mich an, ob der Onkel jetzt nicht ins Wasser springen müsste.

Das Boot war inzwischen halb vollgelaufen.

»Na denn«, sagte Schwester Heidi und stieg über den Bootsrand.

Sebastian setzte sich mit offenem Mund auf seinen Hosenboden.

Zum Glück waren wir nah am Land. Sie konnte stehen. Das Wasser reichte ihr bis zu den Oberschenkeln. Ihr schwarzer Rock bildete ein rundes Luftkissen um ihre Hüfte.

Sie nahm die Leine und zog uns an Land.

»Wolga, Wolga ...«, summte sie vor sich hin.

Sebastian rannte los wie von einem Flitzebogen geschossen.

»Mama, Mama, die Schwester ist ins Meer gesprungen!«

Da liegt der alte *Dagobert* kieloben an seiner üblichen Stelle unter der Birke. Nicht einmal die Spechte scheinen sich für ihn zu interessieren. Seine Tage sind so gezählt wie die des ganzen Anwesens. Carl hat angekündigt, ihn umzudrehen, mit Komposterde zu füllen und Kartoffeln hineinzupflanzen. Es gab eine Zeit, da hing ein kleiner Außenbordmotor an seinem Heckspiegel. Der war ein Geschenk für Carl und mich. Die Jungen sollten sich allmählich allein auf dem Meer bewegen können, fand Onkel Tom.

Einmal bin auch ich über den Bootsrand gestiegen.

Gewöhnlich fuhren wir zum Milchholen zum nächsten Bauernhof. Abwechselnd einen Tag steuerte Carl, den anderen ich. Es war eine heilige Übereinkunft, ein Abkommen, das unter keinen Umständen gebrochen werden durfte.

An jenem Tag war ich mit dem Steuern dran.

Carl paddelte uns vom Steg frei. Ich nahm meinen Platz ein, öffnete den Benzinhahn und drehte am Gasgriff, machte mich bereit, den Starterseilzug zu ziehen.

Da sagte er auf einmal: »Ich glaube, heute will ich fahren.«

Er sagte es nicht drohend oder aggressiv, sondern wie eine schlichte Feststellung.

Ich reagierte nicht darauf. Er hat sich einfach im Tag geirrt, dachte ich.

»Heute bin ich doch dran«, sagte ich und packte den Seilzug.

»Aber ich werde fahren«, sagte er. Im selben sachlichen Tonfall, leichthin. Er hatte das Ruder weggelegt und kletterte nach achtern.

Ich stand auf. Wir starrten einander in die Augen.

Er war genauso groß wie ich.

»Ich meine, was ich sage, Olle.«

Ich konnte ihm ansehen, dass er das tat.

Und ich sah, dass ich nichts dagegen tun konnte.

Ich begriff auch, dass es im Grunde nicht darum ging, wer an diesem Tag das Boot steuern durfte. Er hatte noch etwas anderes im Sinn. Er wollte mir etwas bedeutend Wichtigeres klarmachen. Ich wusste nicht, wie lange er auf seine Gelegenheit gewartet hatte, aber nun war der Moment gekommen.

Es war leicht, aus seinen ruhig entschlossenen Augen zu lesen: Hier hängt der Hammer, Bruder. Von jetzt an werde ich, der kleine Bruder, bestimmen, wo's langgeht.

»Sollen wir Mama fragen?«

Was für ein erbärmlicher großer Bruder! Er lächelte. »Na klar kannst du zu Mama laufen, wenn du willst.«

Das war der Moment, in dem ich über die Bordwand stieg und an Land schwamm. In meinem Rücken hörte ich ihn kurz und sachlich auflachen und dann den Motor anwerfen.

Ich wollte zu Mutter und Tom gehen, um mir Gerechtigkeit widerfahren zu lassen. Die Schlacht hatte ich verloren und das Feld geräumt. Aber dafür sollte Carl teuer bezahlen.

Sie waren nirgends zu finden. Es war ein warmer, sonniger Tag. Vermutlich waren sie zum Sandstrand gegangen. Ich nahm einen Umweg durch den Wald. Ich schreckte eine Ringeltaube auf, die verärgert gurrend aus einem Gebüsch aufflatterte. Dann war ich fast angekommen.

Sie bemerkten mich nicht.

Tom saß auf einem Stuhl und las die Zeitung. Er trug Shorts und seinen weißen Sonnenhut. Im Schatten unter dem Stuhl stand eine Flasche Öl.

Mama saß ein Stück von ihm entfernt auf einem Handtuch. Auch sie trug Shorts.

Sie rieb ihren Körper mit Sonnenöl ein. Die Beine, den Bauch, die Brüste. Langsame, kreisende Bewegungen. Die Brüste, groß und weiß. Unter ihren Händen schlenkerten sie wie wassergefüllte Ballons hin und her.

Und er durfte sie ansehen?

Und saß daneben und las Zeitung! Warum fiel er nicht über sie her?

Es war wie auf einem Bild. Für mich gab es da keinen Platz.

An einem einzigen Vormittag brachte Sebastian es fertig, auf der Jagd nach einem Maulwurf ein halbes Beet umzugraben, eine der alten Krocketkugeln unwiederbringlich in den Blaubeersträuchern zu versenken, seinem Bruder einen Couronne-Queue auf den Kopf zu schlagen, mit seiner Mutter einen Wettlauf ums Haus zu veranstalten, Schwester Heidis Wellensittich fliegen zu lassen und ihn mit einem alten Ukeleikescher wieder einzufangen, seinem Vater im Bett auf den kranken Bauch zu hopsen, sich sein Knie aufzuschürfen, ins Meer zu fallen und sich danach vor Klara aufzubauen, ihr mit den Händen auf den Arm zu trommeln und zu fragen: »Und was machen wir jetzt, Mama?«

Onkel Tom versteckte sein Gesicht hinter einer Zeitung und seufzte.

»Warum seid ihr so lahm? Was hockt ihr nur da und glotzt?«

Klara schickte mir einen flehentlichen Blick.

»Wie wäre es denn mit einem kleinen Ausflug«, schlug Tom vorsichtig hinter seiner Zeitung vor.

»Yes!«, kreischte Sebastian. »Und die Schwester muss mitkommen, sonst wird es nicht lustig.«

Es war ein schöner, stiller Augusttag. Ein Schwanenpaar mit vier grauen Jungen behielt uns im Auge, während wir all die Sachen an Bord verstauten, die mitgenommen werden sollten, Angeln und Würmer, Schwimmwesten und Proviant, Kissen und Decken, Badesachen und Sonnencreme, Bücher und Schwimmflossen, ein Fußball, Spielkarten und Schwester Heidis Grammofon.

Das Motorboot sah aus wie ein voll beladener Lastkahn.

»Ich will fahren«, sagte Sebastian.

»Du ziehst jetzt eine Schwimmweste an und setzt dich still hin«, sagte Klara.

Ehe ich es verhindern konnte, bückte er sich zum Zündschlüssel und drehte ihn. Der Motor sprang willig an.

»Hast du gesehen, Sam, ich habe es angelassen!«

Sein Bruder sah desinteressiert aus und gab ihm keine Antwort.

Schwester Heidi sagte: »Jetzt hör mal zu, kleiner Mann. Wenn du nicht sofort herkommst und dich neben mich setzt, stopfe ich dich in den Grammofontrichter.«

Sebastian platzte vor Lachen und tat, was sie gesagt hatte.

Draußen auf Lövholm musste als Erstes das Grammofon an Land getragen werden.

»Guck, Mama, ich kann das!«, schrie Sebastian, bückte sich nach dem Grammofon und drehte wild die Kurbel. Schwester Heidi zog eine Schellackplatte aus der Tasche.

»Gib sie mir!«

Schwester Heidi las aufmerksam das Etikett auf der Platte und schüttelte den Kopf.

»Nicht gut«, sagte sie und schlug sich die Platte mit einer entschlossenen Bewegung gegen die Stirn.

Die Scheibe zerbrach in vier Teile. Schwester Heidi sammelte sie auf und stopfte sie in ihre Tasche.

Sebastian stand für einen Augenblick wie versteinert und guckte mit aufgerissenen Augen.

Dann fing er an, auf und ab zu hüpfen. »Darf ich auch? Lass mich auch!«

Schwester Heidi nahm eine andere Platte aus der Tasche.

»Auch schlecht«, meinte sie und gab sie Sebastian.

Der Junge hielt die Platte eine Weile in den Händen und sah zunehmend unsicher aus. Dann fiel ihm etwas ein.

»Ich werde sie auf dem Onkel zerdeppern!«, verkündete er und kam auf mich zu.

Sam packte seinen Bruder am Arm. »Das wirst du bleiben lassen.«

»Au, das tut weh!«

»Jungen«, sagte Klara.

»Vielleicht solltest du sie stattdessen abspielen«, sagte Schwester Heidi. »Falls du es schaffst, sie aufzulegen, heißt das.«

Sebastian legte die Platte auf den Teller, schaltete den Apparat ein, hob den Tonarm, zielte lange und schaffte es fast, die äußerste Rille zu treffen.

Zuerst knisterte es nur. Dann setzte ein Orchester ein, und dann schmetterte ein Tenor mit einem italienischen Volkslied los.

»Mario Lanza«, sagte Schwester Heidi.

»O sole mio«, schallte es übers Wasser. Ein einsamer Angler auf einer Schäre in der Nähe drehte überrascht den Kopf.

Ich schlug vor, wir sollten einmal rund um die Insel gehen und nach Strandgut suchen.

»Eine gute Idee«, stimmte Schwester Heidi zu. »Und wenn ich eine Buddel Rum finden sollte, fürchte ich, werde ich dir eine Tracht Prügel verabreichen müssen, kleiner Mann.«

Für einen Moment sah Sebastian beunruhigt aus. Dann rannte er zu Klara.

»Hast du gehört, was sie gesagt hat, Mama? Ist sie nicht lustig?«

Sein Lachen klang etwas verunsichert. Schwester Heidi marschierte los, stieg leichtfüßig über Stock und Stein. Sebastian bildete das Ende des Zuges und wirkte etwas besorgt.

»Onkel, was ist eine Buddel Rum?«

»Das ist eine Flasche mit einer bestimmten Sorte Alkohol. Aber hab keine Angst, sie macht nur Spaß.«

Er rannte nach vorn zu Schwester Heidi und zupfte ihr mutig am Rock. »Du machst ja bloß Spaß.«

Schwester Heidi schüttelte den Kopf.

»Das ist ein uralter nordischer Brauch. Wenn jemand eine Buddel Rum findet, muss dafür ein Junge eine Tracht Prügel einstecken.«

»So ist es«, bestätigte Sam.

Sebastian trat den Rückzug an und hielt sich in der Nähe seiner Mutter. »Sie ist echt lustig, Mama, ha, ha, ha.«

Schwester Heidi bückte sich und hob zwischen den Steinen eine kleine Plastikflasche auf. Sebastian blieb wie angewurzelt stehen.

»Eine Buddel Spüli«, klärte uns Schwester Heidi auf.

»Sam ist ein größerer Junge als ich«, rief Sebastian.

Wenig später passierten wir eine Steilklippe, und Sebastian kam auf den Einfall, dass er von ihr ins Wasser springen wollte.

»Und du musst zusehen, Mama, und der Onkel auch!«

Schwester Heidi und Sam gingen weiter. Sebastian zog sich aus.

»Glaubst du, ich trau mich zu springen, Mama?«

Klara setzte sich auf einen Stein. »Nein, mein Schatz.«

Er hielt sich mit den Fingern die Nase zu und sprang. Ich setzte mich auf einen anderen Stein.

»Hast du gesehen, Mama?«

Klara nickte und winkte.

Dann saßen wir still da. Weit draußen über dem Meer donnerte ein Militärjet vorbei.

Ich sagte: »Carl kommt mir ungewöhnlich wütend vor. Er regt sich über alles auf.«

Sie seufzte. Dann zog sie zwei Zettel aus der Hosentasche und reichte sie mir.

»Mama, guck! Ich bin jetzt ein Wal«, rief Sebastian, legte sich auf den Rücken und spuckte eine kleine Fontäne Wasser in die Luft.

Auf dem einen Blatt stand eine Todesanzeige. Offenbar hatte Mutter sie aufgegeben. Zuoberst ein Kreuz, dann ihr Name, darunter zwei Datumsangaben: geboren – gestorben.

»Der Todestag ist der Tag vor unserem Umzug in die Staaten«, sagte Klara.

Unten waren keine Trauernden angegeben, da stand nur: In tiefer Trauer.

»Das erwartete uns zu Hause auf dem Boden im Flur.«

»Spring du auch, Onkel! Dann können wir tauchen und sehen, ob auf dem Grund eine Buddel Rum liegt.«

Das zweite Blatt war ein Brief, datiert eine Woche später und adressiert an einen Mr David Fuller.

»Carls Chef.«

Da stand: »Sehr geehrter Mr Fuller. Mir ist zur Kenntnis gebracht worden, dass Sie neulich in Ihrem renommierten Unternehmen einen Ausländer namens Carl Axelsson eingestellt haben. Dem Vernehmen nach haben Sie ihm eine verantwortungsvolle, gut bezahlte Position mit Aufstiegsmöglichkeiten übertragen. Da ich davon ausgehe, dass Sie stets das Beste für Ihre Firma im Auge haben, wenn Sie sich entschließen, jemanden neu einzustellen, muss ich annehmen, dass Ihnen gewisse Informationen über die Person, für die Sie sich diesmal entschieden haben, nicht bekannt waren. Es handelt sich nämlich um ein höchst unzuverlässiges Subjekt, ein faules Ei, wenn ich so sagen darf, welches Sie sich da ins Nest gelegt haben, das ausschließlich an sich denkt. Ich versichere Ihnen, ich übertreibe nicht, wenn ich behaupte, dass er bereit wäre alles zu verkaufen, seine eigene Mutter eingeschlossen, wenn er dafür etwas zu seinem Vorteil erreichen könnte. Sie wären also gut beraten, wenn Sie ihn so schnell wie möglich wieder entließen. Mit den besten Grüßen von jemandem, der nur Ihr Bestes im Sinn hat.«

»Ich komme jetzt raus, Mama.«

»Ja, tu das, mein Schatz!«

Ich gab ihr die Papiere, doch sie schüttelte den Kopf.

»Es sind Kopien, du kannst sie behalten. Ich habe sie deinetwegen mitgenommen. Ich dachte mir, wenn es so kommt, wie ich es mir ausmalen kann, dann möchte ich, dass du weißt, was los ist.«

»Arme Mama.«

Sie lächelte. »Dir fällt es womöglich leichter, sie zu bedauern.«

Eine schwache Windbö ritzte einen kleinen grauen Fächer in den blanken Meeresspiegel. Ein paar träge, lange Wellen überspülten die Steine am Ufer.

»Carl hat viele gute Seiten«, sagte Klara, »aber Verzeihen gehört nicht dazu.«

Eine Silbermöwe startete einen Angriff auf eine Seeschwalbe mit einem Ukelei im Schnabel.

Ich sagte: »Weiß er, dass du und ich …«

Sie hob die Hand und unterbrach mich. Drehte sich um: »Möchtest du auch baden, Sam?«

Er hatte sich angeschlichen, leise wie eine Katze. Er stand direkt hinter uns, die Hände in den Taschen, und guckte.

Er schüttelte den Kopf.

Sebastian kam, seine Sachen über dem Arm.

»Sam«, fragte er, »hat sie aufgehört, nach dieser Buddel zu suchen?«

Carl will die alte Veranda mit Dreifachverglasung versehen. Die dunkel angelaufenen Holzpaneele an den Wänden sollen weiß gestrichen werden. Die Fußbodendielen sollen abgezogen, es soll neu tapeziert werden. Er will einen Brunnen bohren, Wasser- und Abwasserleitungen installieren lassen.

Ich wandere durch die Räume.

Im Gästezimmer, das demnächst Carls Arbeitszimmer und Bibliothek werden soll, finde ich eine einzelne Schellackplatte, die Schwester Heidi vergessen hat: Mantovani-Orchester, *All The Things You Are*. Einen Moment lang überlege ich, mir das Ding vor den Kopf zu knallen und dann, in einer Art theatralischer Symbolhandlung, die Splitter auf dem Boden liegen zu lassen: Sieh nur, wie alles Alte und Wertvolle zerstört wird und in Trümmer zerfällt.

Eine absurde, völlig sinnlose Geste.

Ich lege die Platte auf den alten Teakholzschreibtisch, der bald in der Brockensammlung von Emmaus landen wird, um Platz zu machen für moderne Büromöbel mit großen weißen Flächen für Computer, Drucker, Telefone und Faxgeräte.

Die Fenster sollen auch vergrößert werden. Licht und Luft.

Am Türrahmen zu Carls und meinem Kinderzimmer finden sich noch Bleistiftstriche mit zugehöriger Jahreszahl. Der 1. August war der festgelegte Tag, an dem wir gemessen wurden, jedes Jahr. Wir mussten uns einander gegenüberstellen, die Rücken an je einen Pfosten des Rahmens gepresst, Mutter legte jedem von uns ein Bilderbuch auf den Kopf, Onkel Tom zog einen Strich und schrieb das Datum daneben.

Mit dreizehn war Carl schon größer als ich.

Auch die Türen werden erneuert.

Aus dem Kinderzimmer wird ein Fernsehzimmer.

Auf der Tapete hinter dem Esstisch sind Stockflecken aufgeblüht wie große graue Rosen. Vom Kachelofen ziehen sich schwarze Rußstreifen die Wand hinauf. Die Bodendielen sind grau geworden, von Rissen durchzogen wie von kleinen Gräben voller Schmutz.

»Sieh dich doch um«, hat Carl gesagt, »hier sieht es doch aus wie in einer verfallenen russischen Adelsvilla aus der Jahrhundertwende.«

Recht hat er.

Ich gehe von einem Zimmer ins andere. Es fühlt sich an, als würde ich mich schon in einer vergangenen Zeit bewegen. In einem Jahr wird es all das nicht mehr geben.

Ich werde mich daran erinnern. Ich werde es nicht vermissen. Ich habe es bereits hinter mir gelassen, wie man die Kindheit hinter sich lässt, ein bisschen über ihre Unschuld staunend, aber ohne Trauer, weil man weiß, dass es kein Zurück gibt.

Nach einem Tag mit Tee und Zwieback kam Carl wieder auf die Beine. Als ich am Morgen in Mutters Zimmer trat, saß er neben ihrem Bett und las ein Buch.

Er sah blass und müde aus.

Mutter schlief.

»Ist sie überhaupt einmal aufgewacht?«

Er nickte.

»Hast du sie ansprechen können?«

»Sie spricht nicht. Sie guckt mich bloß an. Es sieht bescheuert aus.«

Mit einem wütenden Knall schlug er das Buch zu.

»Es war vollkommen sinnlos, dass wir überhaupt hergekommen sind.«

Mama bewegte unruhig den Kopf, als hätte sie seine Worte gehört.

»Allzu oft passiert es einem ja nicht im Leben, dass die eigene Mutter im Sterben liegt«, sagte ich.

Er sah mich einen Moment lang an. Und plötzlich erkannte ich diesen Blick wieder, auf einmal erinnerte ich mich an ihn: Auf dem Schulhof haben mich zwei Klassenkameraden in die Ecke gedrängt, der eine hält von hinten meine Arme umklammert, der zweite boxt mir mit den Fäusten in den Bauch. Warum, weiß ich nicht mehr, auch nicht, woher Carl aufeinmal auftaucht. Kommt er angelaufen, brüllt er, schlägt er zu? Das Einzige, woran ich mich erinnere, ist der Moment, nachdem er meine Mitschüler in die Flucht geschlagen hat – er ist zwei Jahre jünger und zwei Klassen tiefer – und in dem ich dastehe und mir den Bauch halte und versuche, die Tränen wegzuzwinkern. Da sieht er mich kurz an und geht dann weg. Derselbe Blick, dieselbe leicht amüsierte Verachtung.

»Du bist und bleibst derselbe Schlappschwanz«, sagte er. »Warum konnte Mutter sich nicht auf dich stürzen?«

Er stand auf, ging eine Weile im Zimmer hin und her. Dann blieb er in meinem Rücken stehen, für geraume Zeit.

Es fühlte sich unbehaglich an.

»Vielleicht gerade deswegen«, sagte er. »Wie einen Nagel in Schaumgummi schlagen. Kein Widerstand.«

Mama hatte einen von Vaters Anzügen aufgehoben. Nicht für mich natürlich, so groß bin ich nie geworden. Aber Carl war schon zu seiner Konfirmation hineingewachsen. Am Abend davor sollte er den Anzug anprobieren. In Hemd und Unterhose sollte er sich mitten ins Wohnzimmer stellen. Sie zog ihn an wie eine Schaufensterpuppe, Hose, Weste, Jacke, und gurrte ihm dabei in die Ohren, wie gut er aussehe, ganz wie Vater. Sie knöpfte ihm den Hosenstall zu und schloss den Gürtel und band ihm die Krawatte, schnürte seine Schuhe und strich ihm Pomade ins Haar, kämmte ihn, zupfte ihm ein paar einzelne Haare vom Kinn, und Carls Gesicht wurde immer röter. Am Ende legte sie ihm den Arm um die Taille und führte ihn zum großen, bodentiefen Spiegel im Flur.

Es war ein dunkelblauer, zweireihig geknöpfter Anzug. Carl sah aus wie ein Bankdirektor, fehlten nur noch die Zigarre und die Uhrkette vor dem Bauch.

Er weigerte sich.

Es gab einen Mordsaufstand.

Ich verkrümelte mich in mein Zimmer, schloss die Tür und legte etwas von Beethoven auf. Reine Routine. Beethoven war laut genug, um sie zu übertönen.

Am nächsten Morgen war Carl verschwunden.

Mama rastete aus. Hysterisch rannte sie im Nachthemd aus dem Haus, um nach ihm zu suchen, sie stellte sich auf den Balkon und brüllte seinen Namen, sie nahm Papas Anzug, schmiss ihn auf den Boden und trampelte wie von Sinnen darauf herum. Ich versuchte ihr einzureden, dass er bestimmt zur Konfirmation wiederauftauchen würde, aber sie wollte es nicht glauben. Stattdessen mussten wir ausrücken und nach ihm suchen, in Parks, auf dem Sportplatz, im Kaufhaus, bis es Zeit war, zur Kirche zu gehen.

Und da stand er unter seinen Kumpels. Er trug einen flammneuen, eleganten Anzug.

Onkel Tom hatte uns Plätze auf der Empore frei gehalten. Er guckte ziemlich schuldbewusst aus der Wäsche.

»Kein Wort reden wir darüber, Tom«, sagte Mutter kurz. »Niemals. Verstanden.«

Einige Tage später rief er an. Er wollte mir auch einen Anzug kaufen. Um der Gerechtigkeit willen, wie er sagte. Ich lehnte dankend ab. Von ihm wollte ich keinen Anzug haben.

Carl trat an das Fußende von Mutters Bett.

»Mama«, sagte er barsch.

Sie gab ein leises Wimmern von sich. Die Augenlider hoben sich, ihr Blick flackerte unkontrolliert und ohne etwas festzuhalten umher, ein merkwürdiger Blick, als würde sie in die falsche Richtung schauen, nach innen statt nach außen.

Carl schüttelte den Kopf.

»Verdammt noch mal«, knurrte er, »können wir denn nicht Tom bitten, dem hier ein Ende zu setzen?«

Dann guckte er plötzlich erschrocken, als wären ihm seine eigenen Worte direkt ins Gesicht zurückgeflogen. Hastig wandte er sich ab.

Schwester Heidi war mit den Jungen in den Wald gegangen, um Pfifferlinge zu suchen. Tom gab zu, dass es seine Idee gewesen war.

»Wo, zum Teufel, sollte es hier Pfifferlinge geben?«, fragte Carl.

Tom zuckte die Schultern, sah etwas betreten drein und verzog sich in Mutters Zimmer.

Klara, Carl und ich fuhren einkaufen. Mit selbstsicheren Schritten stieg Carl ganz nach hinten durch und setzte sich ans Steuerruder. Im Landhandel traf er einen alten Schulfreund. Das schien ihn aufzumuntern. Er wurde richtig gesprächig und laut, als er von seiner Karriere erzählte. Hier und da streute er ein paar amerikanische Phrasen ein, sprach von *brain drain*, *junior partner* und *joint venture*.

Der Klassenkamerad hörte mit großen, runden Augen zu. Andere Kunden drehten die Köpfe.

Klara machte ein Gesicht, als wäre es ihr peinlich, und stahl sich davon. Ich folgte ihr. Wir pflückten Waren aus den Regalen und legten sie in den Einkaufskorb. Der Laden war voller Menschen, und ich fand einfach keine Möglichkeit, meine Frage zu wiederholen: Weiß er, dass du und ich …

Auf dem Heimweg kam Carl mitten auf dem Wasser ein Einfall. Er drosselte den Motor.

»Wollen wir versuchen, Engmans Scheune wiederzufinden, Olle?«

»Eine Scheune? Mitten auf dem Meer?«, fragte Klara.

»Es ist keine Scheune«, sagte Carl. »Es ist eine Untiefe.«

Wir waren zufällig darauf gestoßen, Carl und ich. Mama pflegte uns damals raus aufs Fahrwasser zu schicken, um dort den Abfall zu versenken. Es ist lange her. Damals hörten Leute auf, sich Gedanken über Müll zu machen, sobald sie ihn los waren. Ich nahm einen großen alten Kochtopf und warf ihn über Bord. Er glänzte wie eine Großbrachse, während er langsam zum Grund sank. Plötzlich stoppte er, kippte und legte sich auf die Seite.

Es gab einen Stein, ein paar Meter unter der Oberfläche. Er war mit Tang überwachsen, der sich sacht in der Strömung wiegte. Der Stein so allein im Wasser sah total einsam aus, allein und ein bisschen gefährlich.

Das war gruselig spannend. Wir waren sicher, dass kein Mensch von seiner Existenz wusste. Und wir wollten sie auch keinem verraten.

Es war unser Stein, unser Geheimnis.

Wir wollten ein Auge auf ihn haben. Außenbordern würde er nicht gefährlich werden, aber Segelboote und größere Motorboote könnten einen ordentlichen Stüber abbekommen.

Wir peilten Landmarken an, eine Klippe an einer Landspitze etwas weiter entfernt, einen Fahnenmast an einem Bootssteg, ein Seezeichen vor Engmans Scheune, und damit hatte die Untiefe ihren Namen weg.

»Erinnerst du dich noch an unsere Peillinien?«, fragte Carl.

Wir spähten zum Land hinüber. Wir machten langsame Fahrt und fuhren Kreise. Es schien jede Menge Klippen, Stege und Steine zu geben.

Ein Seezeichen konnten wir nicht ausmachen.

»Sie scheinen es abmontiert zu haben«, sagte Carl. »Unverschämtheit.«

Alle drei standen wir im Boot und suchten den Grund ab.

»Verdammt, Olle, das müssen wir doch noch hinkriegen!«

Die Sonne war dem Horizont ein Stück näher gekommen. Das Wasser glitzerte, es war schwer, unter der Oberfläche etwas ausfindig zu machen.

»Vielleicht hat man den Stein gesprengt«, schlug Klara vor.

»Ohne uns zu fragen?« Carl klang beleidigt.

Ich stellte mich aufs Vordeck, um besser sehen zu können.

Ich tat es aus eigenem Antrieb, als würde ich darum betteln.

Wenn er in den Leerlauf schaltete, habe ich das nie gehört. Aber es klackte vernehmlich, als er den Rückwärtsgang einlegte; schlagartig wurde mir klar, was passieren würde, und ich versuchte mich hinzuhocken, aber es war zu spät.

Das Boot machte einen heftigen Satz rückwärts. Das Deck entschwand unter meinen Füßen.

Ich habe noch im Ohr, was für ein lautes Platschen ich verursachte, bevor ich im Wasser versank.

Ich ließ mich erst einmal sinken. Das Wasser war nicht kalt.

Nicht etwa vor Kälte begann ich am ganzen Leib zu zittern.

Als ich an die Oberfläche kam, war das Boot ein gutes Stück entfernt. Carl ließ den Motor im Leerlauf heulen. Klara schrie und gestikulierte, ich konnte nicht hören, was sie sagte, aber ich sah, wie sie taumelte und auf die Sitzbank fiel, als Carl den Gang einlegte und auf mich zuschoss.

Da liegt es, am Steg vertäut. Es ist ein gutes und seetüchtiges Boot. Friedlich und ruhig sieht es aus. Die Festmacherleine hängt locker durch wie eine Hundeleine.

Nur Fische, ein paar wenige verträumte Lappentaucher und ich haben es aus der Froschperspektive gesehen. Nur wir haben gesehen, was für ein Monster es ist.

Carl sagt, er überlegt, einen größeren Motor anzuschaffen.

Ich weiß nicht mehr genau, was mir durch den Kopf schoss, als es auf mich zugerauscht kam. Ein blitzschnelles, kühles Abschätzen: Versuchen abzutauchen bringt nichts, ich werde nicht mehr tief genug kommen, mein Kopf wird dem Bootskörper nicht ausweichen können, meine Arme und Beine werden der Schraube nicht entgehen, die sie in Stücke hacken wird.

Gleichzeitig ein grenzenloses Einsamkeitsgefühl und die Einsicht, dass mein ganzes Leben vollkommen sinnlos war und ohne Wert für irgendeinen Menschen.

Natürlich wich er im letzten Moment aus. Die Bugwelle klatschte mir ins Gesicht. Dann nahm er Fahrt raus, wendete und kam auf mich zu. Er packte die Achterleine, hielt das Ende hoch und fragte grinsend: »Lift gefällig?«

»Carl …«, fing Klara an, doch er unterbrach sie: »Misch dich hier nicht ein.«

Es klang wie ein leiser Befehl.

»Na, wie hättest du es gern? Möchtest du an Land schwimmen, oder sollen wir dich in Schlepp nehmen?«

Merkwürdigerweise schaffte ich es, ihm nicht einmal böse zu sein. Das Einzige, was ich empfand, war Scham. Ich schämte mich, so hilflos im Wasser zu dümpeln, schämte mich, vor Angst derart außer mir geraten zu sein, schämte mich für meine Unbedachtheit, aufs Vordeck gestiegen zu sein, schämte mich, weil ich es wahrscheinlich nicht schaffen würde, nach Hause zu schwimmen, schämte mich, weil Klara dieses demütigende Schauspiel mit ansehen musste, schämte mich dafür, dass es mir nicht einmal gelang, auf ihn wütend zu werden.

»Carl«, sagte ich und hielt mich am Dollbord fest, »hilf mir ins Boot!«

Er ließ das Boot ein Stück vorwärtsfahren. Ich musste loslassen, um nicht mit den Füßen in die Schraube zu geraten.

»Du schaffst es nicht, zu schwimmen«, sagte er, »nicht mit deinen dünnen Stängeln.«

Die Stängel waren meine Beine. Solange ich zurückdenken konnte, hatte er sie Stängel genannt. Anstatt mich aufzufordern, Leine zu ziehen, hatte er immer gesagt: Beweg deine Stängel!

Er knüpfte eine Schlinge in die Achterleine, schwang sie wie ein Lasso und ließ sie dicht neben meinem Kopf aufs Wasser schlagen.

Dann ging's ab.

Er fuhr schnell. Es fühlte sich an, als würde mein Körper wie ein Surfbrett aufgleiten und dann über die Wasseroberfläche flitzen.

Klara saß still auf der Mittelbank und wandte mir den Rücken zu.

Wir gingen hintereinander zum Haus hinauf. Ich trottete am Schluss. Meine Arme baumelten herab wie zwei Schlaghölzer. Wenn ich versuchte, sie zu heben, schoss mir der Schmerz wie ein Elektroschock vom Handgelenk bis in den Nacken.

Es war komisch, selbst genau zu wissen, was für einen Anblick ich von hinten bot. Die Kleider klebten mir am Körper, die Schuhe schlappten, ein schmaler, nasser Strich auf dem Kies.

Keiner von uns sagte ein Wort.

Onkel Tom saß auf der Verandatreppe, zurückgelehnt, die Beine gekreuzt, die Hände im Schoß – genau wie Vater auf meinem Foto. Die Nachmittagssonne glänzte auf seiner Glatze. So saß er still da und sah uns den Pfad heraufkommen.

Carl blieb stehen. »Tom?«

Er antwortete nicht, guckte nur.

Carl rannte zu ihm, packte ihn an der Schulter und schüttelte ihn. »Tom, verdammt!«

Er blickte uns mit Augen an, die nichts oder etwas anderes sahen.

Er nickte.

»Es ist vorbei.«

Carl stöhnte auf, ein gequältes, gepeinigtes Stöhnen, als hätte er einen plötzlichen Schlag aufs Zwerchfell erhalten, und stürzte ins Haus.

III

Zusammen mit Tom hisste ich die Flagge auf halbmast. Es war eine alte, zerschlissene Fahne, mit ausgebleichten Farben und an den Rändern ausgefranst. Er berichtete, Mama sei langsam und still gestorben, ohne noch einmal zu Bewusstsein zu kommen. Er habe bei ihr gesessen und ihre Hand gehalten. Manchmal habe er geglaubt, einen leichten Händedruck zu spüren. Aber das könne auch bloß eine letzte mechanische Reaktion in einem Muskel gewesen sein. Dann sei ihr Herz stufenweise schwächer geworden, von Schlag zu Schlag, und schließlich stehen geblieben.

»Olof«, sagte er, »sie …«

»Ja?«

Er wandte den Blick ab und rieb sich nervös das Ohr.

»Was denn, Tom?«

Mit einem Mal wirkte er seltsam verlegen, als ob er noch etwas loswerden wollte, das ihm am Herzen lag, etwas wie ein Geständnis, mit dem er nicht herauszurücken vermochte. Dann hob er das Gesicht und schaute stur die Fahne an.

»Sie hat dir in den letzten Tagen nichts Besonderes mehr gesagt?«

»Was sollte das gewesen sein?«

Den Nacken zurückzubiegen, war das Einzige, was er zustande brachte.

»Sie hat gesagt, du seist ein netter Kerl.«

Er schüttelte den Kopf, ohne den Blick von der Fahne zu nehmen. Von seinem Gesicht sah ich kaum mehr als das Kinn und die Nasenlöcher. Ich war mehr und mehr überzeugt, dass genau das seine Absicht war, er verbarg seine Augen vor mir.

»Sonst hat sie nichts gesagt?«

Wieder einmal fing er an, mir auf die Nerven zu gehen.

»Tom, worum geht es hier?«

Er machte auf dem Absatz kehrt und ging.

»Erinnerst du dich«, sagte er im Gehen, »dass du in jedem Sommer an meinem Geburtstag die Fahne gehisst hast?«

»Das war Carl.«

Er war auf dem Weg in sein Zimmer. Er konnte gerade die Kinder nicht ertragen. Ehrlich gesagt konnte er überhaupt niemanden ertragen, er wollte allein sein.

Er hatte die Polizei benachrichtigt. Sie war unterwegs.

»Du bist ins Wasser gefallen«, sagte er. »Wie ist das passiert?«

»Das solltest du am besten wissen.«

Er lächelte leicht.

»Glaubst du etwa, ich wäre damals nicht böse gewesen auf dich?«

Ich schwieg.

»Vielleicht hätte ich es zeigen sollen. Aber ich dachte …«

Er zog ein großes Taschentuch aus der Tasche und schnäuzte sich.

»Im Nachhinein gibt es so vieles, was man hätte tun sollen«, sagte er.

Sebastian stürmte herein, gefolgt von seinem Bruder und Schwester Heidi. Er trug einen Korb voller Pilze, den er seiner Mutter auf den Schoß stellte, dann wühlte er darin herum. »Guck, Mama, das ist ein Pifferling!«

»Pfifferling«, berichtigte Sam.

Sebastian tauchte in den Korb und holte einen anderen Pilz heraus.

»Sebastian, warte mal …«, sagte Klara, aber der Kleine ließ sich nicht bremsen.

»Und das hier ist ein Steinpilz. Weißt du, was die Schwester sagt? Wenn man sich nicht vor ihn hinstellt, einen Diener macht, bevor man ihn pflückt, und dazu sagt: Guten Tag, Herr Johan, dann verwandelt er sich in einen Stein.«

Sam schnaubte. Sebastian bekam vor Lachen keine Luft mehr.

»Jungs, hört doch mal …«

Sebastian kniff ihr mit aller Kraft in den Arm. »Mama, du musst noch ein Ticket kaufen, ich will nämlich die Schwester nach Hause mitnehmen!«

»Eure Großmutter ist vor einer Stunde gestorben.«

Sebastian runzelte die Stirn, als hätte er nicht gleich begriffen, was Klara gesagt hatte. Dann nickte er einige Male und schien zu überlegen.

»Müssen wir jetzt leise sein?«

Er sah sich plötzlich um.

»Wo ist Papa?«

Carl hatte sich in seinem Zimmer eingeschlossen.

Als ich mir trockene Sachen anzog, hatte ich ihn darin gehört. Er stöhnte in einem fort. Er weinte nicht, er schluchzte nicht, er stöhnte. Ein lang gezogenes, anhaltendes Stöhnen.

Es hörte sich schrecklich an.

»Ich glaube, euer Papa möchte einen Augenblick allein sein.«

Sebastian blickte Klara misstrauisch an.

»Ich will zu Papa gehen!«

»Ich weiß nicht, ob Papa jetzt gerade …«

Er stampfte mit dem Fuß auf und ballte die Fäuste. »Ich will zu Papa!«

»Wir könnten vielleicht Pfannkuchen backen«, schlug Schwester Heidi vor.

»Sei still, du Blöde! Ich will zu Papa!« Er war kurz davor, zu weinen. Sein Gesicht war ganz fahl geworden.

»Na, dann geh zu Papa, mein Kleiner«, sagte Klara.

Tom hatte Mutters Hände auf der Brust über Kreuz gelegt und eine Kerze auf ihren Nachttisch gestellt. Sam stand neben mir und betrachtete sie.

»Sie hat die Augen nicht geschlossen«, flüsterte er.

»Findest du, das macht einen Unterschied?«

Er nickte.

»Soll ich sie schließen?«

Er nickte wieder.

»Sonst ist es, als ob sie immer noch etwas ansehen wollte.«

Ich streckte den Zeigefinger vor und berührte Mutters Augenlider. Sie fühlten sich kühl und zerbrechlich an.

Ich versuchte sie zu schließen. Es ging nicht.

»Darf ich sie auch anfassen?«

Ich nickte. Er legte die Hand auf ihren Arm, nur kurz, und zog sie dann mit einem kleinen Ruck zurück.

»Warum lächelt sie?«, fragte er flüsternd.

»Vielleicht war sie zuletzt doch irgendwie froh, dass sie nicht länger leiden musste.«

»Was glaubst du, wo sie ist?«

»Wie meinst du das?«

»Glaubst du, sie ist im Himmel oder so?«

Ich schüttelte den Kopf.

»Ich glaube, sie ist hier und nirgendwo sonst.«

Er schwieg eine Weile.

»Merkst du eigentlich«, flüsterte er, »dass ich die ganze Zeit flüstere, so als wäre …«

Er lachte auch und begann im nächsten Augenblick zu weinen.

Ich legte den Arm um ihn. Er lehnte seinen Kopf an meine Schulter. Sein Körper fühlte sich hart und eckig an und duftete nach Junge.

Ich hielt ihn fest, solange er weinte. Es fühlte sich gut an, so als ob er irgendwie in meinen Arm passte.

»Ich habe sie nur ein paarmal gesehen«, schniefte er, »und trotzdem fühlt es sich so furchtbar traurig an, alles.«

Sebastian kam aus Carls Zimmer und sah zufrieden aus.

»Also«, sagte er, »ich habe Papa getröstet.«

Er ging zu Schwester Heidi, nahm ihre Hand, schwenkte sie vor und zurück und fragte: »Und was spielen wir jetzt?«

Es wurde ein selten warmer und windstiller Augustabend. Die Dämmerung brach rasch herein, sie hatte irgendwo im Hinterhalt gelegen, schlich sich an, und plötzlich war sie da. Die langen, hellen Sommernächte – vergiss sie!

Sie sind ohnehin bloß eine kurze, rare Ausnahmeerscheinung.

Der Mond stieg gemächlich aus dem Meer. Ein paar Fledermäuse drehten ihre blinden Runden zwischen den Bäumen auf dem Vorplatz.

Das Haus kam langsam zur Ruhe. Die Kerze auf Mutters Nachttisch war heruntergebrannt.

Die Polizei hatte sie mitgenommen. Es würde eine Obduktion geben. Schwester Heidi hatte das leere Bett frisch bezogen und ein kleines Blumenbukett aufs Kissen gelegt.

Ich ging hinab zum Steg. Einige Glühwürmchen blinkten in den Blaubeersträuchern. Ich überprüfte, ob das Boot gut festgemacht war, und hob ein paar Spielsachen auf, die Sebastian am Strand vergessen hatte.

Im Norden war eine dunkle Wolkenbank aufgezogen.

Mir taten die Arme weh.

Langsam tuckerte draußen auf dem Fahrwasser ein Motorboot vorbei. Die schwache Hecklaterne blinkte: ein kleiner, vom Himmel gefallener Satellit.

Ich setzte mich in einen Schaukelstuhl auf der Veranda. Ich hatte keine Lust, Licht zu machen.

Ich weiß nicht, wie lange ich dort saß.

Als sie kam, merkte ich, dass ich die ganze Zeit auf sie gewartet hatte.

Sie blieb in der Tür stehen.

»Muss es hier so dunkel sein?«

Sie schaltete die Tischlampe ein.

Sie trug ein langes blassgelbes Nachthemd, eine Strickjacke über die Schultern gehängt und dicke, handgestrickte Socken an den Füßen.

Sie hielt einen Briefumschlag in der Hand. Sie setzte sich aufs Sofa und legte den Umschlag vor sich auf den Tisch.

»Olof, wir müssen miteinander reden.«

»Findest du?«

Sie runzelte die Stirn. »Sei bitte nicht ironisch. Es war abscheulich. Aber ich konnte nichts tun.«

Ich nickte. »Was kann die Henne tun, wenn die Hähne miteinander kämpfen?«

Sie strich sich mit den Fingern durch die kurzen Haare und sah mich mit nachdenklichen Augen an, sie musterte mich eine Zeit lang und nickte schließlich.

»Ja«, sagte sie leise, »es ist klar, wir müssen miteinander reden.«

Als würde sie zu sich selbst sprechen.

»Das war das Einzige, was ich draußen auf dem Meer tun konnte, mir vornehmen, mit dir zu reden.«

Sie stand auf, ging zum Fenster und schaute hinaus. »Drinnen dunkel, draußen dunkel.«

Sie rieb die Hände, zog die Schultern hoch und erschauerte wie von einem unerwarteten kalten Windhauch.

»In dem Umschlag steckt ein Brief«, sagte sie, ohne sich umzudrehen. »Lies ihn!«

»Noch ein Brief von Mutter?«

»Lies ihn!«

Der Brief war an Carl adressiert, mit Maschine geschrieben. Nach dem Poststempel zu urteilen, hatte er ihn etwa ein halbes Jahr nach ihrem Wegzug erhalten.

»Ja, der Herr Direktor fühlt sich zurzeit wahrscheinlich fürstlich, darf man annehmen, hat das beste Stellenangebot von ganz Nordeuropa bekommen, möchte gern mit den großen Jungen spielen und hat die allerhübscheste Ehefrau ergattert; toller Job, schöne Frau, da fühlt man sich doch wie ein Prinz, nicht wahr? Wie aber mag er sich fühlen, wenn er erfährt, dass seine Frau über den Zaun frisst, Kirschen in Nachbars Garten nascht, nach dem Motto ›Wenn die Katze aus dem Haus ist‹ und so weiter, und ich meine noch näher als Nachbars Garten, der eigene, leibliche Bruder kann der schlimmste Hüter sein. Stell Dir das einmal vor, Direktor, und lass es Dir fürstlich gehen.«

Anfangs hatte sie alles abgestritten. Es war schließlich nicht auszuschließen, dass der Brief von Mutter kam, dass es wieder eine von ihren wahnsinnigen Erfindungen war. Andere Möglichkeiten kamen ebenfalls infrage. Carl war während seines Studiums nicht immer der rücksichtsvollste Mensch der Welt gewesen und hatte viele Neider.

Sie hatte geglaubt, ihn von ihrer Unschuld überzeugt zu haben.

Dann hatte sie angefangen, sich zu fragen, ob ich womöglich den Brief geschrieben hatte.

Ein unangenehmer Gedanke, den sie von sich wegschieben wollte. Es war ein niedriger, unwürdiger Gedanke, aber er wollte ihr nicht aus dem Kopf gehen. Es gab eine Formulierung in dem Brief, da stand etwas von »seines Bruders Hüter sein« …

Am Ende konnte sie nicht anders, als mich anzurufen.

»Du hast mich angerufen?«

»Ja, weißt du das nicht mehr?«

Nichts.

»Wir haben doch lange miteinander gesprochen. Ich habe dir unsere Telefonnummer gegeben und gesagt, du sollest mich mal zurückrufen. Erinnerst du dich nicht?«

Wie üblich: nichts. Keine Spur.

Was habe ich eigentlich schon alles glücklich vergessen?

Sie musste mich anrufen, und sie schämte sich schrecklich dafür und brachte es nicht über sich, zu sagen, worum es eigentlich ging, sondern redete eine Weile nur über Belanglosigkeiten und fragte mich zwischendrin, ob ich vielleicht Carl geschrieben hätte, und als sie mich erstaunt zurückfragen hörte, warum, um alles in der Welt, ich das wohl getan haben sollte, war sie überzeugt, dass ich es nicht gewesen war, und machte sich heftige Vorwürfe, weil sie es doch von vornherein gewusst hatte.

Damit war die Sache aus der Welt, dachte sie.

Ein paar Wochen vergingen. Carl hatte den Brief mit keinem Wort mehr erwähnt. Sie nahm an, er habe die ganze

Angelegenheit schlicht vergessen. Er kam ihr vielleicht ein wenig stiller vor als sonst, aber sie glaubte, das läge vielleicht an der neuen Arbeit. Wenn seine neidischen Kommilitonen gewusst hätten, wie er sich da hineinknien musste, hätten sie sich bedankt und fortan die Sozialdemokraten gewählt.

Eines Abends, als sie von einer Routineuntersuchung beim Gynäkologen nach Hause kam, saß Carl im Wohnzimmer und trank Cognac. Er stierte vor sich hin und blickte nicht einmal auf, als sie ins Zimmer trat. Nie hatte sie ihn vorher allein trinken gesehen, und ihr war sofort klar, dass etwas nicht stimmte. Sie bekam es mit der Angst, das Schweigen und der schwache Duft von Alkohol waberten durch den Raum, in der Vorahnung von Geschrei und Gewaltausbrüchen.

Sie floh ins Schlafzimmer.

Dort lag alles durcheinandergeworfen. Aufs Bett, auf sein eigenes Kopfkissen, hatte Carl zwei Dinge gelegt: ein Foto von mir (das sie aus meiner Schreibtischschublade stibitzt hatte) und ihr Tagebuch, das er aufgebrochen hatte.

Die wenigen Schritte zurück ins Wohnzimmer fühlten sich an wie der lange Weg zum Schafott.

Er saß immer noch da und starrte vor sich hin. Sie fing an zu reden. Sie sagte alles, was man so sagt, all das, was man sagen muss, ob es nun stimmt oder nicht, so als würde man ein abgebranntes Haus mit den verkohlten Balken wiederaufbauen. Doch wie hohl und abgedroschen sich ihre Worte auch anhören mochten, sie redete immer weiter. Es war nicht so gedacht gewesen, ursprünglich, aber vielleicht hatte sie es irgendwie tun müssen, um sich entscheiden zu können, und sie hatte ihn doch nicht verletzen wollen. Was man nicht weiß, kann einen auch nicht verletzen, verzeih mir, verzeih, verzeih! Wörter wie Würstchen vom Fließband, weil sie eine solche Heidenangst vor dem Schweigen hatte und vor all dem Furchtbaren, mit dem er es hätte ausfüllen können.

Er schwieg und starrte. Auf einmal hob er die Hand. Jetzt ist es so weit, dachte sie, ich ertrage das nicht …

Doch das Einzige, was er tat, war, den Finger über seine Lippen zu legen.

»Kein Wort mehr«, sagte er verbissen. »Nie wieder.«

Doch in jenen abscheulichen Augenblicken, in denen sie glaubte, er würde mich tatsächlich ersäufen, und erkannte, dass sie nichts dagegen zu tun wagte oder vermochte, war ihr aufgegangen, dass sie dieses Versprechen nicht mehr halten konnte und wollte.

Sie stand am Fenster, ein blassgelber Umriss vor dem Augustdunkel.

»Ich möchte dir die Möglichkeit geben, zu begreifen und vielleicht zu verzeihen.«

»Verzeihen?«

»Das Schlimmste ist«, sagte sie leise, »dass ich nicht weiß, ob ich selbst verzeihen kann.«

Was ich ihm niemals verzeihen würde, wusste ich nur zu gut. Nicht das erzwungene Surfen ohne Brett, auch nicht die Schmerzen in Armen und Schultern. Aber den einen kurzen Moment, in dem mir das ganze Ausmaß meiner eigenen Unzulänglichkeiten klar wurde, meine halbherzigen Affären, mein abgebrochenes Studium, mein Phlegma, mein ganzes verpfuschtes Leben; den einen kurzen Moment, in dem ich obendrein einsah, dass alles mein eigener Fehler war.

»Ich glaube, ich gehe zu Bett.«

Sie drehte sich um.

Sie holte tief Luft und stieß sie dann ganz langsam wieder aus, der längste Seufzer der Welt.

»Du hast noch nicht alles erfahren.«

Sie kam und setzte sich aufs Sofa.

»Eins hat Carl sofort nachgerechnet.«

»Und zwar was?«

Sie gab nicht gleich eine Antwort. Sie saß eine Weile mit gesenktem Kopf und massierte sich die Schläfen.

»Ich hatte es mir auch ausgerechnet, natürlich. Und genau deswegen war es mir so wichtig, dass er nie etwas erfuhr.«

Die kleine Tischlampe flackerte einige Male, als würde uns jemand aus weiter Ferne Morsesignale schicken.

»Ich war doch schwanger, Olof. Im sechsten Monat.«

»Was? Mit wem?«

Es hörte sich unendlich dämlich an.

»Sam?«

Sie lächelte schwach und sah dabei ganz unglücklich aus. »Tüchtig, Dr. Watson.«

In meinem Kopf stand alles still, sechs Monate, sechs Monate …

»Wessen Kind ist er?«

»Meins«, sagte sie unwirsch.

Wie Zähne mit einer Zange ziehen, genauso zäh und anstrengend, genauso schmerzvoll war es, die Gedanken in Bewegung zu setzen. Ein halbes Jahr nach dem Umzug war sie im sechsten Monat …

»Bin ich der Vater? Ist es das, was du mir die ganze Zeit zu verstehen geben willst?«

Sie legte sich die Hände auf den Bauch und betrachtete sie eine Weile. Es war so unendlich still geworden; nur ein leises Knarren aus dem Esszimmer war zu hören, das Seufzen einer alten Bodendiele.

»Du«, sagte sie, »oder Carl.«

Mitten in der Nacht ging es los. Bei jedem Donnerschlag schien das ganze Haus einen kleinen Satz zu machen.

Ich tastete mich die Treppe hinunter. Der Strom war ausgefallen, und es war stockfinster. Ich stellte mich ans Wohnzimmerfenster und schaute nach draußen. Blitze beleuchteten das Meer, heftige Böen zogen dicke schwarze Pinselstriche über das Wasser.

Eins, zwei, drei, vier, fünf, konnte ich zwischen Aufblitzen und Donnergrollen zählen.

Ich suchte ein paar Kerzen zusammen und zündete sie an.

Sebastian kam angetappt. Er schleppte einen Teddybären am Hinterbein mit sich wie Christopher Robin und riss die verschlafenen Augen auf.

»Es ist nur ein Gewitter.«

Er nickte. Kam dann zum Tisch, ließ sich daran nieder und blinzelte schläfrig mit den Augen.

»Ich hab geträumt, Oma ist aufgewacht, und sie war böse auf uns, weil wir gesagt haben, sie wäre tot.«

Er starrte mit seinen großen braunen Augen in die Kerzenflamme.

Ein greller weißer Schein erhellte den Raum. Einige Sekunden später krachte es.

»Ich habe gar keine Angst vor Gewitter, Onkel.«

Schwester Heidi trat mit einer Kerze ins Zimmer. Sie hatte ihren grünen Mantel über das Nachthemd gezogen, das unten heraussah. Sie trug eine weiße Schlafmütze.

»Die Mächte verabschieden sich von der alten Dame«, sagte sie.

»Schwester, ich habe gar keine ...«, sagte Sebastian, doch im selben Augenblick knallte es wieder. Er brach ab, ging zur Tür zum Dachboden und rief: »Papa!«

Tom hatte seine graue Hose und einen Pullover übergestreift. Er sah müde aus.

»Gertrud sagt Adieu«, meinte er.

Sebastian ging zu ihm und lehnte sich an sein Bein.

»Weißt du, das ist noch gar nichts gegen Erdbeben, alter Onkel.«

Erste Regentropfen trommelten einen raschen Wirbel gegen die Fensterscheibe.

Auf der Treppe waren Klaras leichte Schritte zu hören, vorsichtig tastend in der Dunkelheit. Sie trug einen Bademantel über dem blassgelben Nachthemd.

»Schwiegermutter ...«, begann sie, ließ es dann lieber und lächelte ein wenig entschuldigend. Dann blickte sie sich um.

»Wo ist Sam?«

»Der schläft«, sagte Sebastian, tappte zu ihr und kroch auf ihren Schoß.

Es krachte, dass die Fensterscheiben wackelten.

»Weißt du, Mama, das hier ist wie ein Erdbeben, nur da oben.«

Sie strich ihm über den Kopf.

»Es ist nur ein kleines, örtliches Gewitter«, sagte Tom. »Es zieht schnell wieder ab.«

Auf der Treppe wurden Carls Schritte laut. Schwester Heidi stand auf.

»Wenn es blitzt und donnert, soll man essen und trinken«, sagte sie und verschwand in der Küche.

Carls Gesicht war weiß, seine Augen waren rot und blutunterlaufen.

»Wir müssen das Boot sichern, Olle.«

Sebastian sprang auf. »Ich komme mit.«

»Du bleibst hier.«

Der Junge kam angerannt. »Nein! Ich will.«

»Sebastian.«

Derselbe Tonfall wie damals an Bord von *Dagobert*, genauso klar und sachlich, genauso leise. Der Junge blieb wie angewurzelt stehen, warf seinem Vater einen beleidigten Blick zu, zuckte mit den Schultern und schlich zu Klara zurück.

Wir zogen Ölzeug über und nahmen jeder eine Taschenlampe.

Der Wind drückte gegen das Heck des Boots. Der Anker war freigekommen, und das Boot schlug gegen die Pfeiler des Anlegestegs. Carl kletterte an Bord und stieg nach achtern. Ich blieb auf dem Steg und löste die Bugleine vom Poller. Carl packte das Ankertau und holte es ein. Wie üblich hatte der Anker neuen Grund gefunden und wollte nicht freikommen. Ich hörte Carl schnaufen und pusten, während er langsam, Hand für Hand, das Bootsheck gegen den Wind verholte.

Das hatten wir so oft getan, immer auf dieselbe Weise: der Stärkere achtern.

Wir brauchten keine Worte zu wechseln.

Mit einem Mal gab der Anker nach. Der Wind drückte gegen die Bordwand und trieb das Boot in einem Halbkreis um das Stegende. Ich ließ es ein gutes Stück treiben, bevor ich die Füße einstemmte und die Leine anzog.

Es war ein Platschen zu hören, als Carl den Anker gehen ließ. Ich holte die Leine an und belegte sie. Carl belegte das Ankertau an einer Achterklampe und stieg an Land.

Wir standen eine Weile stumm nebeneinander und blickten auf das Boot. Für einen kurzen Augenblick beleuchtete ein kräftiger Blitz sein weißes Gesicht. Große Tropfen standen ihm auf den Wangen, und ihm lief die Nase.

Es donnerte. Der Steg erschauerte.

»Genau so war es zwischen Mama und mir«, sagte er.

Schwester Heidi hatte auf dem Wohnzimmertisch belegte Brote angerichtet.

»Papa«, rief Sebastian fröhlich, »die Schwester sagt, wir spielen ein Spiel!«

Carl schälte sich aus dem Ölzeug und schüttelte den Kopf. »Ich weiß nicht, ob ich ...«

Das ganze Zimmer wurde auf einen Schlag grellweiß, als ob jemand tausend Lampen auf einmal eingeschaltet hätte. Ein leiser, fauchender Ton war zu hören. Im nächsten Augenblick donnerte es, ein Knall wie aus einer Riesenkanone.

»Prost!«, sagte Schwester Heidi.

Klara hob die Augenbrauen und sah besorgt aus. »Erstaunlich, dass Sam nicht aufwacht.«

»Es ist jetzt wohl genau über uns«, meinte Tom, »und das bedeutet, dass es bald weiterzieht.«

Sebastian ging zu seinem Vater und nahm ihn bei der Hand.

»Es macht nichts, wenn du nicht mitkommst. Du musst nicht mitspielen, wenn du nicht willst.«

Carl setzte sich in eine Ecke. Er schloss die Augen und lehnte den Kopf zurück.

»Es wird doch wohl keiner den Gewittersherry ausgetrunken haben?«

Tom ging zum großen Garderobenschrank. Auf seinem obersten Regal war eine Flasche Amontillado versteckt. Sie sollte sich immer dort befinden. Man durfte sie nur bei einem nächtlichen Gewitter herausholen, hatte Mutter angeordnet.

Tom stellte die Flasche auf den Tisch. Dann machte er plötzlich eine seltsame Miene, murmelte etwas von Gläsern und floh in die Küche.

»Jetzt wollen wir spielen«, sagte Sebastian. »Ich gehe auf die Veranda, ihr denkt euch etwas aus, und dann komme ich rein und rate, was es ist.«

Er ging auf die Verandatür zu. Kurz davor drehte er sich mit einem verschmitzten Gesichtsausdruck um.

»Ich weiß, warum die Schwester das vorgeschlagen hat: damit ich keine Angst habe.«

Im nächsten Augenblick fiel ihm ein, dass die Veranda ein dunkler, unheimlicher Ort war.

»Kommst du mit, Papa?«

Sie gingen zusammen hinaus und schlossen die Tür hinter sich.

»Also gut«, flüsterte Klara, »was wollen wir uns ausdenken? Nichts allzu Schwieriges, nehme ich an.«

»Seinen Bruder?«, schlug Schwester Heidi vor.

»Sam? Ja, warum nicht?«

Im gleichen Moment, in dem Tom mit Gläsern auf einem Tablett aus der Küche zurückkam, stürmte Sebastian ins Zimmer. Er rannte auf ihn zu.

»Was ist es, alter Onkel?«

»Mein liebes Kind, ich habe keine Ahnung.«

»Einen Moment, junger Mann«, sagte Schwester Heidi. »Du musst uns der Reihe nach Fragen stellen, und wir dürfen nur mit Ja oder Nein antworten.«

Der Junge guckte enttäuscht. »Aber wie soll ich da wissen, was es ist?«

»Überleg mal! Wenn – ich sage, wenn – wir zum Beispiel an meinen Bauchnabel denken würden, dann könntest du fragen: Ist es der Nabel der Schwester?«

Sebastian lachte. »Ist es dein Bauchnabel?«

»Nein.«

Draußen krachte es. Sebastian schien es gar nicht zu hören. Mit verblüffender Geschwindigkeit schien er begriffen zu haben, worum es ging.

»Ist es groß?«

Klara überlegte. »Wenn du gefragt hättest, ist es größer als eine Ameise, hätte ich mit Ja geantwortet.«

»Spielst du auch mit, Papa?«

»Nein.«

»Hast du es schon mal gesehen?«

Ich nickte.

»Ist es größer als eine Mücke, nein, warte, ist es größer als … ich?«

»Ja«, antwortete Schwester Heidi.

Tom schenkte die Gläser voll.

Sebastian sah ihn nachdenklich an. »Bist du es?«

»Das kann ich nicht sagen, weil ich nicht weiß, was es ist. Skål!«

»Ist es der alte Onkel?«

»Nein«, sagte Klara.

Der Junge wandte sich an mich. »Ist es etwas, das du gemacht hast?«

»Nein.«

»Tom, bekomme ich ein Schlückchen Sherry?«, fragte Klara.

»Ist es etwas von dir, Papa?«

Carl gab keine Antwort.

»Ist es etwas von Papa?«

Schwester Heidi nickte.

»Würdest du noch einmal Skål sagen, Tom?«

Tom lächelte.

»Aber gern doch.«

»Ist es auch etwas von dir, Mama?«

»Ja.«

»Können wir nicht einfach alle zu Bett gehen?«, fragte Carl.

»Ich bin dran mit Fragen, Papa.«

Sebastian wandte sich an mich. Er sah erhitzt aus, seine Wangen glühten. »Ist es auch etwas von dir?«

Carl stand auf und ging.

»Nein«, sagte ich.

Der Junge dachte nach. Carls Schritte auf der Treppe klangen dumpf.

»Ist es etwas, das nur von Mama und Papa ist?«

»Genau, kleiner Mann.«

Plötzlich leuchtete sein Gesicht auf.

»Jetzt weiß ich«, schrie er, »das bin ich.«

Der Himmel hatte aufgeklart. Das Gewitter grummelte irgendwo in der Ferne. Tom saß noch mit der Sherryflasche da. Alle anderen waren zu Bett gegangen.

»Hast du vor, sie leer zu machen?«

Tom grunzte.

»Das Seltsame ist«, sagte er, »dass es unmittelbar nach dem Tod deines Vaters auch so ein Gewitter gab. Daran wirst du dich nicht erinnern, oder?«

»Nein.«

Er schwankte ein wenig im Sitzen. Die Flasche war so gut wie leer. »Manchmal frage ich mich, was der größere Segen ist, sich zu erinnern oder zu vergessen.«

»Vielleicht sollten wir auch langsam ins Bett gehen.«

Er lächelte. »Um zu vergessen, meinst du?«

Ich schwieg.

»Damals saßen Gertrud und ich auch mitten in der Nacht auf der Veranda. Sie weinte. Ich versuchte sie zu trösten. Carl schlief, genau wie Sam. Aber du bist aufgewacht.«

Seine Stimme versagte. Er trank sein Glas aus und stellte es mit einem leisen Knall ab, wie um sich einen Ruck zu geben.

»Du kamst aus dem Kinderzimmer gestapft und geradewegs auf mich zu. Du bliebst vor mir stehen und hast mich eine Weile angesehen. Dann hast du gesagt: Ich hoffe, der Blitz schlägt genau in deinen Kopf ein. Dann hast du auf dem Absatz kehrtgemacht, bist zurück ins Kinderzimmer gegangen und hast die Tür zugemacht.«

Der Wind hatte nachgelassen und seufzte nachdenklich in den Birken. Hinter dem Haus rief eine Eule.

»An manche Gewitter erinnert man sich deutlicher als an andere.«

Er wischte sich ein wenig verlegen die Augenwinkel. »Ich schätze, nach mir wird es kein Gewitter geben.«

Wenn Carl erst einmal den Brunnen hat bohren lassen und die Wasserleitungen installiert sind, braucht keiner mehr daran zu denken, im Herbst die drei Steine auf die Brunnenabdeckung zu legen. Die Sickergrube will er unter dem Krocketplatz ausheben lassen. Aus dem Platz soll dann eine geplattete Terrasse mit Sonnenschirm und Plastikgartenmöbeln werden. Das Plumpsklo, in dem Zeitungsausschnitte aus mehreren Jahrzehnten hängen, will er abreißen.

Darunter sollten sich beste Voraussetzungen für ein Gemüsebeet finden, meint er.

Ich wandere zum Spielhaus auf den Felsen hinauf. Der Pfad wird von Büschen gesäumt, Traubenkirschen und Flieder, Forsythien und Rhododendron. Carl ist ganz vernarrt darin, Blumen zu ziehen. Die armen Jungen, sie wissen noch nicht, was ihnen bevorsteht.

Das Spielhaus ist ein Miniaturhäuschen, in denselben Farben gestrichen wie die Villa. Ein kleiner Raum mit gelben Wänden, auf einem Tisch ein altes Herbarium, Comichefte, ein paar abgewetzte Stofftiere, eine Schlafpuppe, die nur noch ein Auge hat.

In einer Ecke steht ein rostiger kleiner Herd. Als wir Kinder waren, wurde er nach draußen vors Haus gestellt. Tom sammelte trockene Zweige, die er klein brach und in die schmale Feuerkammer schichtete. Mama kam mit Butter und Teig, es gab eine eigene kleine Bratpfanne. Die Pfannkuchen hatten die Größe von Keksen.

Später funktionierte Carl den Herd um.

Ich hole die grauen, morschen Läden und hänge sie vor die Fenster.

Ein paar gerade, hohe Kiefern schwingen leicht im abendlichen Südwestwind, als ob sie mir zum Abschied zunickten.

Die kleine Feuerkammer im Herd wurde zu Carls Geheimversteck. Im Lauf der Jahre hob er darin die unterschiedlichsten Dinge auf, eine Pfeife, ein Päckchen Kondome, eine Flasche Koskenkorva.

Ich fand sein Versteck nur durch Zufall. Damals besaß ich auch so ein Grammofon wie Schwester Heidi. Ich trug es oft zum Spielhaus hinauf, um meine Ruhe zu haben.

In jenem Sommer war es Sibelius' Fünfte.

Ich lag auf dem Boden und schloss die Augen, während die Trompeten zum Finale anschwollen. Meine Hand fand die Klappe des kleinen Ofens und schlug eine Weile den Takt damit.

Als ich eine andere Platte auflegen wollte, stand die Klappe offen, und ich sah gleich, dass Papiere darin lagen.

Es waren drei Fotos. Schwarz-Weiß-Abzüge: An einem Sandstrand liegt eine nackte Frau auf dem Rücken. Die Arme liegen ausgestreckt am Körper an, ihre Brüste hängen abgeflacht zur Seite. Ihre Beine sind leicht gespreizt, das Haarbüschel hebt sich wie ein Tintenfleck von ihrem weißen Leib ab.

Es wirkt, als ob sie schläft.

Der Fotograf hat ein wenig Abstand gehalten, die Sonne stand in seinem Rücken, am unteren Bildrand sieht man auf dem Sand seinen Schatten.

Es war leicht, den Schatten zu identifizieren: Carl. Aber es dauerte eine Zeit lang, bis ich sah, dass die Frau unsere Mutter war.

Im dichten Blaubeergestrüpp am Felshang oberhalb des Hauses sind nach der Invasion der Stare noch ein paar wässrige Beeren übrig. Auch ein kleiner Kirschbaum duckt sich da, ein Zwergbaum, der mit Mühe jeden Sommer eine Kirsche produziert und nie größer wird, aber auch nie eingeht, ein ewiges Kind.

Ich knüpfe die Hängematte los und lege sie auf der Veranda auf einen Stuhl.

Unten am Steg lehnen Angelruten an einer Birke. Die verstaue ich unter dem Haus. Die meisten haben keine Haken – Folge der Anstrengungen eines kleinen Jungen.

Ich hatte noch eine Rechnung mit ihm offen.

Zwar hatte er mich anschließend zwei Tage nacheinander beim Milchholen fahren lassen, aber das unterstrich nur noch deutlicher: Er bestimmte.

Eines Tages, als er damit beschäftigt war, am Schilfrand die Hechtangel auszuwerfen, legte ich eins der Fotos neben dem Schaukelstuhl auf den Verandatisch und verdeckte es mit einer Tageszeitung.

Mama hatte unten am Steg einen Flickenteppich ausgewaschen und kam nun wieder herauf.

Ich setzte mich in eine Ecke und verbarg mein Gesicht hinter einem Buch.

Sie ließ sich in den Schaukelstuhl fallen, nahm die Zeitung und seufzte.

»Hoffentlich fängt er nicht wieder einen Hecht«, sagte sie.

Dann fiel ihr Blick auf das Foto.

»Was ist das hier?«

Ich zuckte die Schultern.

»Hast du dieses Bild aufgenommen?«

»Man sieht doch genau, wer es gemacht hat«, erwiderte ich.

Sie betrachtete das Bild eine Weile. Ich beobachtete sie verstohlen über den Buchrand hinweg und wartete auf die Explosion. Sie würde zum Steg hinabstürzen und losbrüllen.

»Und wie ist das Bild hierhergekommen?«

Das hatte ich überhaupt nicht erwartet.

»Ja, also, ich … ich meine, Carl hat …«

»Olof«, sagte sie ernst, »schieb die Schuld nicht auf deinen kleinen Bruder.«

Ich hätte losheulen können.

»Ich habe es auf seinem Schreibtisch gefunden«, log ich.

»Und dann legst du es hierhin?«

Ich nickte hinter meinem Buch.

»Das war nicht nett von dir, Olof«, sagte sie, erhob sich, ging und nahm das Foto mit.

Ich verstand gar nichts mehr.

Außerdem fing er natürlich einen Hecht, wie üblich.

Die Klammern am Emaildeckel des alten Grills sind durchgerostet, der Deckel hängt am Rost wie ein schaukelnder Hut.

Ich stelle den Grill in den Holzschuppen zu all den anderen ausgedienten Gegenständen, einem Rasenmäher, defektem Werkzeug, kaputten Möbeln.

Jetzt bleibt nicht mehr viel zu tun. Das alte Haus ist für einen weiteren langen Winter bereit.

Ein Schwarm Gänse streicht nach Süden ab. Bald ist es auch für mich Zeit, abzureisen.

IV

Am nächsten Morgen schien Carl sich erholt zu haben, wieder einmal. Er war schon in aller Herrgottsfrühe auf den Beinen, das ganze Haus hallte von seinen entschlossenen Schritten wider. Lange saß er am Telefon und redete Englisch, laut und effektiv.

Dann fing auch Sebastian an, umherzutippeln. Sie sprachen und lachten miteinander, Füße und Stimmen, ein Vater und sein Sohn.

Carl hatte ein amerikanisches Frühstück vorbereitet, mit Bacon und Würstchen und jeder Menge Eier.

»Wir müssen zusehen, alles so schnell wie möglich zu erledigen, Olle«, sagte er. »Ich muss dringend nach Hause.«

In einer großen Streichholzschachtel verpackten sie eine Sammlung von Käfern, die Sam mithilfe von Schwester Heidi auf Stecknadeln gespießt hatte.

»Ich hoffe nur, der verdammte finnische Zoll findet sie nicht.«

Sebastian nahm einen dicken Käfer und hielt ihn mir unter die Nase.

»Möchtest du zum Frühstück ein Steak?«

»Ein Steakchen«, lachte Carl.

»Guck«, sagte Sebastian, »jetzt geht es Papa wieder gut.«

Ich floh in die Küche. Schwester Heidi rührte in einem Topf mit Hafergrütze.

»Ich kann Sie in der Stadt absetzen.«

Sie nickte abwesend.

»Das ist viel gesünder als gebratener Speck«, sagte sie.

»Könnten Sie sich vielleicht mit dem Packen beeilen?«

»Ist es so eilig?«

»Ich warte im Auto.«

Sie drehte die Platte aus. »Er wird wohl satt sein von den ganzen Eiern.«

Carl hing wieder am Telefon und sprach mit einem Bestattungsunternehmen. Ich trug den Wellensittich und das Grammofon nach draußen und verstaute beides auf dem Rücksitz. Kurz darauf erschien Schwester Heidi mit ihren Taschen.

»Sebastian«, rief sie.

Der Junge kam auf die Treppe. »Was denn? Was denn?«

»Ich wollte dir Auf Wiedersehen sagen.«

Er zog die Augenbrauen zusammen und schob die Mundwinkel nach unten, doch im nächsten Augenblick strahlte er wieder.

»Heute gehe ich mit Papa angeln!«

Sie lächelte. »Womit wirst du angeln?«

Er brach in Lachen aus, stürmte die Treppe herab und sprang in ihre Arme.

»Na, na, na.«

Sie schien verlegen. Sie setzte ihn ab, strich ihm hastig übers Haar, stieg ein und kurbelte das Fenster herunter.

»Du hast einen komischen Hut auf dem Kopf«, sagte er.

»Und du hast einen komischen Kopf unter dem Hut«, gab sie zurück.

Der Junge kicherte vergnügt. Dann bekam er plötzlich wieder seinen verschmitzten Gesichtsausdruck.

»Weißt du, was Papa sagt? Wenn man eine Buddel Rum findet, dann kriegt eine alte Tante eine Tracht Prügel.«

Sie nickte. »Tja, wer weiß. Vielleicht ist es das Beste, nie eine Buddel Rum zu finden.«

Sie kramte in ihrer Tasche und zog eine Platte heraus.

»Die hier ist auch schlecht«, sagte sie. »Die bekommst du.«

Er nahm die Platte, hielt sie vor sich wie ein kleines Lenkrad und dachte nach.

»Die bekommt Papa ab«, rief er und raste ins Haus.

Sam stand am Ende des Stegs und schaute aufs Wasser.

»Sam!«, rief ich. »Komm und sag Auf Wiedersehen!«

Er schien mich nicht zu hören. Schwester Heidi schnäuzte sich.

»Können wir jetzt fahren?«

Lange, etliche Kilometer saß sie schweigend neben mir und schaute aus dem Fenster.

»Ein lustiger kleiner Rabauke«, sagte sie schließlich. »Papasöhnchen.«

Sie seufzte und holte ihr Strickzeug aus der Tasche. Der Schal war quer gestreift, gelb-weiß, und mindestens einen Meter lang. Sie betrachtete ihn eine Weile. Dann begann sie methodisch, ihn aufzuribbeln, und stopfte die Wolle einfach ungeordnet in die Tasche.

»Ich wollte ihn dem Kleinen schenken«, sagte sie, »aber das war keine gute Idee. Die Schals von alten Tanten jucken nur am Hals von kleinen Jungen.«

Das Tuch über dem Vogelkäfig war abgerutscht. Der Wellensittich krächzte unruhig.

»Das ist das Schöne mit einem Wellensittich«, sagte sie, »man braucht nicht vor ihm herumzuscharwenzeln, man muss sich nicht andauernd um ihn kümmern, aber man weiß, dass er da ist und nicht wegfliegen kann.«

Stapelweise Post auf dem Boden in der Diele, aber nur Reklame, kein einziger Brief. Schmutzwäsche auf Stühlen und Fußboden. Die Fenster so lange ungeputzt, dass selbst ein klarblauer Augusthimmel grau aussah. Verwesungsgestank im Kühlschrank. Uralte Zeitungen auf den Tischen. Ausschnitte unwichtiger Musikrezensionen in einem Karton – stille Bestätigung der lang gehegten Einsicht, dass sie es nicht wert waren, in einem Ordner aufgehoben zu werden.

Die Landschaft einer Seele, dieses Zuhause, in dem einmal die Wände von ihrem Schatten geleuchtet haben, und du hast sie in der Unterwelt zurückgelassen.

Dann kam das Schweigen.

Plötzlich tauchte eine Erinnerung auf, ein weiteres kleines Guckloch, das ich vergessen hatte: Ich komme nach Hause, stöpsele das Telefon ein, in der Hoffnung, dass es bitte nicht klingeln möge. Ich ziehe die Vorhänge auf und mache mich ans Aufräumen. Weinflaschen, Zigarettenkippen, und es scheint alles reibungslos zu gehen, bis ich ins Schlafzimmer komme und über einer Stuhllehne meinen alten Bademantel sehe. Ich klappe buchstäblich zusammen und verliere das Bewusstsein. So finde ich mich auf dem Fußboden wieder, schluchzend, schniefend, ein jämmerlicher Anblick, ein Orpheus, der nicht einmal einen Versuch unternommen hat.

Auf dem Anrufbeantworter die wütende Nachricht einer genervten Feuilletonchefin, die sich noch genauso wütend anhörte, als ich sie anrief.

»Wo zum Teufel steckst du?«

»Meine Mutter war krank. Das weißt du doch.«

»Muss man denn deswegen gleich in die Unterwelt abtauchen?«

Ich schwieg.

»Ist sie immer noch krank?«

»Nein. Sie ist tot.«

Jetzt war es an ihr, für einen Moment den Mund zu halten.

»Tut mir leid. Wann ist sie gestorben?«

»Gestern.«

»Wie fühlst du dich?«

Ich überlegte. »Wertlos.«

Wieder durfte sie für einen Augenblick schweigen.

»Entschuldige, dass ich das sage, Olle, aber ich dachte immer, du und deine Mutter, ihr hättet euch nicht sonderlich nahegestanden. Also entschuldige, aber das waren deine eigenen Worte.«

»Ich weiß, und es stimmt.«

Jetzt runzelte sie die Stirn. Seltsam, dass man am Telefon hören kann, wenn eine Feuilletonchefin die Stirn runzelt.

»Aber wenn es so ist …«

Ich schwieg. Die Feuilletonchefin seufzte.

»Das hier ist kein gutes Gespräch. Ich werde es besser jetzt beenden, bevor ich mich noch zu unsensibel anhöre. Ruf mich übermorgen wieder an.«

»Ich glaube kaum.«

»Gut, gut, nimm dir eine Woche.«

»Es wird vielleicht länger dauern.«

Wieder Schweigen am anderen Ende, dann Besorgnis.

»Wie meinst du das?«

Ich schwieg.

»Olle, was ist los? Erklär es mir!«

Aber ich hatte keine Erklärung parat und legte auf.

Eine Stunde später rief Tom an. Er klang müde und kurz angebunden. Carl mache Tempo, er habe Mutters Anwalt angerufen und ihn überredet, direkt nach dem Mittagessen zum Landhaus zu kommen und Mutters Testament mitzubringen. »Vielleicht ganz gut, wenn gleich alles auf einmal passiert.«

Er konnte ja nicht wissen, wie recht er hatte.

Hier laufe ich herum und erledige die letzten Kleinigkeiten, schließe Schrank- und Garderobentüren, räume die Speisekammer leer, schalte den Hauptschalter aus. Was man halt so tun muss.

Dass ich es zum letzten Mal tue, spielt keine Rolle. Es gehört meiner Vergangenheit an.

Ich erledige Kleinigkeiten aus meiner Vergangenheit.

Manchmal kommt mir der Gedanke, dass ich es für ihn tue, für ihn, der demnächst hier wohnen soll, für meinen Sohn, vielleicht.

Das ist natürlich nur romantische Spinnerei. Sam ist Carls Sohn. Carl hat sich um ihn gekümmert, ist für seinen Unterhalt aufgekommen, hat ihn aufgezogen. Ob er nun Carls oder meine Gene in sich hat, ist doch vollkommen egal.

Das findet zumindest Klara. Da hat sie in einer dunklen Augustnacht auf dem Sofa gesessen, ihre Hände auf den Bauch gelegt und sie betrachtet, und ich habe gesagt: »Das lässt sich doch durch einen Test klären, oder?«

Da hat sie gelächelt und geantwortet, sie frage sich, ob nicht alle Männer im Grunde genommen gleich seien, trotz aller Unterschiede, denn Carl habe exakt das Gleiche vorgeschlagen.

Doch das sei das Einzige, wozu sie sich nie bereit erklären würde.

Alles andere war sie bereit zu akzeptieren. Sie verstand, dass sie ihm gewissermaßen eine Waffe in die Hand gegeben hatte. Wenn er der Meinung war, sie im Namen der ausgleichenden Gerechtigkeit anwenden zu wollen, wenn er fand, sie erst bestrafen zu müssen, bevor er ihr vergeben konnte, dann war sie bereit, das auszuhalten. Wenn er sich weigerte, mit ihr zu reden, würde sie warten, bis es vorüberging. Sie konnte im Gästezimmer schlafen, sie konnte für eine Weile ausziehen, sie konnte nach Hause fliegen. Sie war bereit, ihm auf jede erdenkliche Weise entgegenzukommen, bis auf diese eine: kein Test, niemals.

Da war er aufgestanden und gegangen und eine Weile fortgeblieben. Sie hatte getan, was sie versprochen hatte: ausgeharrt und gewartet. Eine Woche später war er zurückgekommen. Wo er gesteckt hatte, was er getan hatte, erfuhr sie nie. Wenn sie versucht hatte, mit ihm ins Gespräch zu kommen, hatte er den Kopf geschüttelt und den Finger auf die Lippen gelegt.

Sie hatte gewusst, was das bedeutete: kein Wort, niemals.

Es dämmert.

Die Scharniere der Kellertür haben nachgegeben, die Tür lässt sich nicht mehr schließen. Daran lässt sich nicht viel ändern, der Türrahmen ist durch und durch morsch. Carl hat früher im Keller Ratten gejagt. Er platzierte ein Stück Käse auf dem Fußboden, ließ die Tür offen und legte sich mit seinem Luftgewehr auf die Lauer. Er schoss nicht daneben. Aber nur selten reichte ein einziger Schuss. Die verwundeten Ratten gaben seltsame Töne von sich, sie quietschten nicht, sie schrien. Eines Abends ging ich in den Keller, um Dickmilch heraufzuholen. Da legte er den Riegel vor die Tür. Ich klopfte, immer verzweifelter, aber es kam niemand, und die Tür blieb verschlossen. Es war fast dunkel. Auf dem Boden lag ein Stück Käse. Irgendwie schaffte ich es, den Riegel aufzusprengen. Woher ich die Kraft dazu nahm, weiß ich nicht. Carl behauptete, er habe keine Ahnung gehabt, dass ich im Keller gewesen sei.

»Schieb die Schuld nicht auf deinen kleinen Bruder«, sagte Mutter.

Es dämmert. Das Barometer fällt. Das Laub einer der Birken am Ufer ist gelb geworden. Wie eine einsame Fackel steht sie mitten in dem dunklen Grün der anderen. Tom hat recht, es müsste zwischen ihnen ausgelichtet werden. Carl wird das sicher tun.

Welche wird er aussuchen? Die welke oder die frischen, die alles Wasser aufsaugen?

Ich warte auf die Dunkelheit. Es soll dunkel sein, wenn ich von hier weggehe.

Mutters Anwalt hieß Otto Dahl und war Gerichtsassessor. Er war Mutters Anwalt, solange ich zurückdenken konnte. Er war groß und dick. Wenn er sprach, klang er wie Louis Armstrong, und wenn er lachte, wie ein mittleres Gewitter. Er trug eine dicke Brille, die seinen Augen ein froschartiges Aussehen verlieh. Einmal im Jahr pflegte Mutter ihn zum Essen einzuladen. Er trank zwei Flaschen Wein und vergaß jedes Mal etwas, einen Hut, eine Aktentasche, eine Pfeife.

Jetzt saß er mit Tom und Carl auf der Veranda und wartete auf mich.

»Wird auch Zeit«, sagte Carl. »Wo zum Teufel hast du dich rumgetrieben?«

Otto Dahl schüttelte mir die Hand. Es tat so weh wie eh und je.

»Mein Beileid und so weiter«, sagte er. »Das letzte Mal war ja nicht erst gestern, aber man verfolgt ja, was du schreibst, auch wenn man kein Fünkchen davon begreift.«

Er donnergrollte unterdrückt.

Carl war ungeduldig. »Können wir anfangen?«

Otto Dahl hob seine Aktentasche auf den Tisch und grub

eine Zeit lang in etlichen Unterlagen. Von draußen war auf einmal Klaras Stimme zu hören. Sie rief nach Sam.

»Was ist da los?«

Carl zuckte die Schultern.

»Wahrscheinlich ist er spazieren gegangen oder so. Er geht manchmal seiner eigenen Wege, das sollte sie eigentlich wissen.«

Otto Dahl hatte das Testament gefunden. »Weiß jemand von euch, was hier steht?«

Carl und ich schüttelten die Köpfe. Tom nickte und räusperte sich.

»Sie hat mich um Rat fragen wollen«, sagte er.

»Nichts, wofür man sich schämen müsste«, meinte Carl. »Was steht denn nun drin?«

Jetzt rief auch Sebastians helle Kinderstimme: »Sa-am! «

»Wie lange ist er schon weg?«

Carl warf mir einen wütenden Blick zu.

»Das geht dich doch gar nichts an, Teufel noch mal! Dürfen wir jetzt endlich erfahren, was in dem Testament steht?«

Otto Dahl räusperte sich, es hörte sich an, als hätte er den ganzen Mund voll Schleim, und las vor:

»Ich, Gertrud Axelsson, verfüge hiermit testamentarisch, meine Hinterlassenschaft auf folgende Weise aufzuteilen:

Mein alter Freund Tom Petrén soll das Gemälde von Marcus Collin bekommen. Ich weiß nicht, welchen Titel es hat, aber da ich nur ein einziges Bild des genannten Künstlers besitze, sollte kein Missverständnis aufkommen. Das Bild hat vermutlich einen gewissen Wert, aber es kann natürlich in keiner Weise die Jahre der Stütze und Freundschaft aufwiegen, die Tom auf mich verschwendet hat.

Meine Schwiegertochter Klara Axelsson erhält meine Armbanduhr, Marke Omega. Sie ist nicht neu, aber von ausgesprochen guter Schweizer Qualität.

Mein Schmuck soll zum bestmöglichen Preis verkauft werden. Der Erlös soll an die Krebshilfe überwiesen werden.

Meine Kleider sollen Wohlfahrtsorganisationen gespendet werden. Was nicht mehr gut ist, ist wegzuwerfen.

Mit anderen persönlichen Gegenständen wie Briefen, Fotografien etc. dürfen die infrage Kommenden nach Belieben verfahren. Ich empfehle die Mülldeponie oder andere Möglichkeiten der Abfallbeseitigung.

All mein übriger Besitz soll meinen beiden Söhnen Olof und Carl zufallen.

Dieses Erbe besteht größtenteils aus zwei Immobilien, einer Wohnung in der Nervandersgata in Helsingfors und Vidarnäs im Schärengürtel von Sibbo, samt einigem losen Besitz in Anbindung an diese Immobilien.

Es ist mein letzter Wille, dass die Wohnung in der Nervandersgata inklusive beweglichen Guts meinem Sohn Olof zufallen soll. Vidarnäs mit allem Zubehör meinem Sohn Carl.

Mein restliches Eigentum, eine unbedeutende Zahl an Aktien und Obligationen sowie ein ebenso unbeträchtliches Bankguthaben, soll ebenfalls meinem Sohn Carl zufallen.

Dieses Testament habe ich im Vollbesitz meiner geistigen Kräfte verfasst. Es ist meine Hoffnung, dass es die Erben zufriedenstellt.

Sollte das Testament trotz allem zu Meinungsverschiedenheiten, welcher Art auch immer, führen, wünsche ich, dass keine Maßnahmen ohne vorherige Beratung mit Tom Petrén ergriffen werden.

Helsingfors, den 25. September 1991, Gertrud Axelsson

Die Richtigkeit wird bezeugt: A. W. Martin, Saga Lahtinen.«

Otto Dahl zog seine Pfeife hervor und guckte nachdenklich drein.

Von draußen, ein Stück weit entfernt, waren durcheinander Klaras und Sebastians Rufe zu hören: »Sa-am! Sa-am!«

Carl war knallrot angelaufen. Plötzlich erhob er sich mit einem Ruck, warf dabei den Stuhl um und hastete nach draußen.

Tom seufzte.

»In meiner Eigenschaft als Jurist«, sagte Otto Dahl an mich gewandt, »muss ich dich darauf aufmerksam machen, dass es eine Komplikation gibt. Die Immobilien sind keine gleichwertigen Objekte. Vidarnäs ist bedeutend wertvoller als die Wohnung in der Nervandersgata.«

Ich hörte mehr auf das Rufen draußen, hatte Mühe, mich zu konzentrieren.

»Damit wirst du durch dieses Testament in einer Weise benachteiligt, die im Widerspruch zu grundlegenden Prinzipien des Erbrechts steht. Das habe ich im Übrigen auch deiner Mutter erklärt, doch sie hat sich auf dem Ohr taub gestellt.«

»Sa-am!«, klang es im Wald.

»Und was kann ich dagegen tun?«

Er stieß eine Rauchwolke aus und hustete.

»Du kannst das Testament anfechten. Sollte es zu einem Prozess kommen, hast du gute Aussichten, zu gewinnen.«

Tom seufzte wieder. Otto Dahl warf ihm einen neugierigen Blick zu.

»Zunächst einmal aber sollst du konsultiert werden, Tom. Diese Bestimmung im Testament ist, juristisch betrachtet, ein wenig zweifelhaft, aber ganz interessant.«

Carl stand im Esszimmer und putzte sich die Nase.

»Zum Teufel, Olle, wenn ich das gewusst hätte ... Ich habe geglaubt, sie hätte mich schon vor etlichen Jahren enterbt ...«

Und dann fing er wieder davon an, was er alles ändern, umbauen und verbessern wolle, wie ein Kind von seinen Weihnachtsgeschenken schwärmt, von alten Wurzeln im Heimatland, von der Identitätsfindung der Jungen und anderem, dem ich eigentlich gar nicht zuhörte, weil ich nur Klaras schwache, nun noch weiter entfernte Stimme mitbekam: »Sa-am!«

»Wo, zum Donnerwetter, steckt der Bursche wieder«, sagte Carl. »Jetzt darf ich wohl auch ausrücken und bei der Schreierei mitmachen.«

Ich ging in mein Zimmer. Ich wollte mich dort hinter verschlossener Tür aufhalten, bis Sam wiederaufgetaucht war, und mich dann aus dem Staub machen.

Auf meinem Schreibtisch lag ein kleiner Zettel:

»Ich habe in einer Schublade Geld gefunden und es genommen. Ist so. Ich will Dich nie wiedersehen. Ich werde zum Flughafen fahren und nach Hause fliegen. Mein Ticket habe ich aus Papas (Carls) Tasche genommen. Wenn Du mir noch etwas zu sagen hast, schaffst Du es vielleicht, wenn Du Dich beeilst.«

Ich verließ das Haus durch den Kücheneingang. Tom und Otto Dahl saßen noch auf der Veranda. Die anderen liefen draußen in der Gegend herum und riefen nach ihm, sein Bruder, sein Vater, seine Mutter. Keiner sah mich, als ich ins Auto stieg und davonfuhr.

Ich brauchte nur zwanzig Minuten zum Flughafen.

Nahe dem Check-in-Counter gab es eine Sitzgruppe. Dort saß er, sein Ticket in der Hand.

Rechts und links neben ihm je eine Angestellte vom Bodenpersonal.

»Sind Sie der Vater?«

Der Junge warf mir einen finsteren Blick zu.

»Ich kümmere mich um die Sache.«

»Schön. Wir wussten nicht, wie wir damit umgehen sollten. Er will nach San Francisco fliegen.«

Sie schauten Sam besorgt an.

»Irgendetwas stimmt nicht. Er antwortet aber nicht auf Fragen. Er sagt nur, er will nach San Francisco.«

»Ich kümmere mich um ihn. Vielen Dank für Ihre Hilfe!«

Sie zogen ab. Ich setzte mich neben ihn.

»Was ist passiert?«

Er gab keine Antwort. Presste die Lippen zusammen und ließ den Kopf hängen.

»Sam, soll ich dir erzählen, was ich glaube, was passiert ist?«

Er biss die Lippen so fest aufeinander, dass sein Kinn zitterte.

»Gut, dann hör mal zu. Letzte Nacht konntest du nicht einschlafen. Im Haus war es still. Vielleicht hast du Durst bekommen. Vielleicht bist du deswegen aufgestanden. Oder auch einfach nur, weil du noch ein Weilchen auf sein wolltest. Im Esszimmer war es dunkel. Durch das Fenster leuchtete der Mond herein; mit einem schwachen weißen Schein. Ein bisschen gruselig. Dann hast du gesehen, dass auf der Veranda Licht war. Die Tür stand einen Spalt weit offen, durch ihn fiel ein Strahl von warmem gelbem Licht. Du hörtest leise Stimmen. Du wolltest nachsehen, wer dort saß.

Dann hast du es dir anders überlegt. Stattdessen bist du zur Tür geschlichen, lautlos, das kannst du richtig gut.

Vielleicht wolltest du uns einen Streich spielen, wolltest vielleicht mit einem Satz auf die Veranda springen und Buh! rufen. Oder dir kam ein Gedanke, von dem ich glaube, dass du ihn öfter hegst: Das Leben der Erwachsenen steckt voller Heimlichkeiten, über die sie mit Kindern nicht reden. Darum muss man manchmal heimlich lauschen.

Ich weiß nicht, was du dir gedacht hast, aber getan hast du jedenfalls das: Du hast dich hinter die Verandatür gestellt und heimlich gelauscht.

Deine Mutter und ich sprachen auf der Veranda miteinander, und du musstest nicht lange zuhören, bis dir klar wurde, dass wir tatsächlich über Heimlichkeiten sprachen. Große Heimlichkeiten, schreckliche Heimlichkeiten.

Es begann in deiner Brust zu klopfen, und dir wurde heiß. Es tat dir leid, das war wirklich nicht für deine Ohren bestimmt gewesen, aber es war nun zu spät. Du konntest nicht mehr zu uns auf die Veranda kommen. Du konntest dich nur wieder davonschleichen oder weiterhin da stehen bleiben.

Eigentlich wolltest du lieber gehen, aber etwas hielt dich zurück, etwas, das dir sagte, du solltest weiter lauschen, bis du alles erfahren hättest, das ganze Geheimnis.«

»Ich hatte kalte Füße«, sagte er mürrisch.

»Und danach bist du in dein Bett zurückgeschlichen, genauso lautlos, wie du gekommen warst. Und dann hast du mit diesem neuen Geheimnis im Dunkeln gelegen, und es war so groß und so geheim, dass am besten nicht einmal ich und am allerwenigsten du jemals davon erfahren hätten.«

»Aber ich habe nicht geheult.«

»Nein. Aber du hast nachgedacht. Das war nicht leicht. Es gab auf einmal ein Leben vor und ein Leben nach dem Geheimnis. Und von diesem Leben danach wolltest du nichts wissen. In dem warst du völlig ohne eigenes Zutun gelandet, meintest du, und in dem wolltest du nicht leben, weil dieses Leben anscheinend nur aus Lug und Betrug bestand. In dem Leben hattest du niemanden, dem du vertrauen konntest. In dem Leben gab es nur einen Haufen verlogener Erwachsener, die schummelten und betrogen und Dinge angestellt hatten, sodass du nicht einmal mehr wissen konntest, wer dein Vater war. Wie sollte man ein solches Leben führen können?«

Er sah mich an. Ich sah in seinen Augen, dass er eine Antwort auf genau diese Frage wollte. Aber ich hatte keine.

»Und darum wolltest du zurück in dein Leben vor dem Geheimnis. Du hast dir vorgestellt, wenn ich erst zu Hause bin, wird alles wieder wie früher. Und die ganze Reise, das ganze Geheimnis wird irgendwie verschwinden.«

Er guckte zu Boden.

»Aber das tut es ja nicht«, sagte er.

»Nein«, sagte ich.

Er stopfte das Ticket in die Tasche.

»Was soll ich also tun?«

Auch auf diese Frage hatte ich keine Antwort. Ich legte ihm stattdessen den Arm um die Schultern.

Und dann heulte er endlich los.

»Außerdem fing das Gewitter an«, sagte er.

Aus einer Telefonzelle rief ich im Landhaus an. Klara kam an den Apparat. Es kostete zwei Mark, ihr auseinanderzusetzen, was passiert war. Es kostete bedeutend mehr, abzuwarten, bis sie dasselbe Carl erklärt hatte. Und wie er dabei herumbrüllte.

Dann kam Klara wieder an den Hörer und bat mich, am Flughafen zu warten. Carl hatte entschieden, dass sie alle sofort nach Hause fliegen würden. Sie traute sich nicht, etwas dagegen einzuwenden oder zu unternehmen, vorerst jedenfalls nicht.

Eine Stunde später hielt ihr Taxi vor dem Eingang. Ich verabschiedete mich hastig von Sam und verzog mich.

Ich sagte mir, eine Begegnung von Carl und mir würde dem Jungen die Sache bestimmt nicht leichter machen.

Es war natürlich eine Ausflucht.

Ich habe einfach noch immer so eine Heidenangst vor ihm wie seit jeher.

Es ist dunkel geworden, die Nacht ist nah. Es ist Zeit für mich, die Türen abzuschließen und mich auf den Weg zu machen.

Das Barometer fällt weiter. Am Horizont im Süden zieht sich eine Wolkenbank zusammen. Bald ist es vorbei mit den sternklaren Nächten.

Weiß man eigentlich jemals, was vor sich geht?

Vom Flughafen fuhr ich geradewegs zur Villa. Otto Dahl war gefahren, Tom war gefahren. Alle waren gefahren.

Auf dem Verandatisch lag ein Brief. Noch einer. An Olof, stand auf dem sorgfältig zugeklebten Umschlag.

»Mein Lieber«, schrieb Tom, »ich habe noch eine Weile hier gesessen und auf Dich gewartet. Aber ich wusste nicht, wohin Du gefahren warst und ob Du überhaupt zurückkommen würdest, außerdem fühlte es sich auf der Veranda so leer und einsam an. Darum habe ich mich entschlossen, Dir stattdessen diese Zeilen zu hinterlassen.

Eigentlich sollte ich Dich jetzt erst einmal vollständig in Ruhe lassen. Ich nehme an, Du hast Dich aus dem Staub gemacht, um Deine Ruhe zu haben. Ich verstehe Dich. Du hast Dein Päckchen zu tragen, ich das meine. So ist es ja oft, wenn ein Mensch, den wir lieb haben, geht: Wir haben das unsere, aber jeder seins auf seiner Seite.

Es geht, wie Du Dir vielleicht schon denken kannst, um Gertruds Testament. Ich habe Deiner Mutter versprochen, bei der ersten sich bietenden Gelegenheit mit Dir zu reden.

Vielleicht hast auch Du Dich über die letzte Bestimmung im Testament gewundert, mit der mich Gertrud zu einer Art inoffiziellem Testamentsvollstrecker macht.

Damit verhält es sich folgendermaßen: Gertrud und ich haben gleichzeitig und zusammen unsere Testamente aufgesetzt. Otto weiß nichts davon, wir haben das unter vier Augen getan. Juristen verkomplizieren die Dinge bloß. Du und Carl habt ebenso wenig davon erfahren. Wir hatten Angst, Ihr würdet auch nur alles schwieriger machen.

Mein Testament ist ebenfalls auf den 25. September 1991 datiert. Zu dem Zeitpunkt wussten Gertrud und ich beide, dass es nicht mehr sehr lange dauern würde, bis das ihre in Kraft treten würde. Was mich betrifft, vereinfacht es unsere Absichten, dass auch ich nicht gesund bin und dieselbe Diagnose habe. Ich bin schließlich Arzt, ich weiß Bescheid.

Wir haben also praktisch ein gemeinsames Testament aufgesetzt. Sie wollte, dass Du das so schnell wie möglich erfährst, bevor Du sie in Deinen Gedanken zu einem ungerechten, bösen alten Weib machst.

Verzeih, aber das waren genau ihre Worte.

Wie Dir sicher bekannt ist, habe ich selbst keine nahen Verwandten. Und doch habe ich das Gefühl, mein ganzes Leben lang eine Familie gehabt zu haben. Dafür bin ich unendlich dankbar.

Wenn ich dem hinzufüge, dass ich nichts dagegen gehabt

hätte, diese familiären Bande noch enger zu knüpfen, so bin ich sicher, dass auch das Dir nicht neu ist. Du bist schließlich ein erwachsener Mann und hattest Augen genug, um im Lauf der Jahre zu sehen. Es hat aber nun einmal nicht sein sollen, und am Ende ist es auch so gut gewesen. Selbst wenn man den Mond nicht vom Himmel holen kann, ist es schön, sein Glitzern auf den Wellen zu bewundern.

Mit anderen Worten, um Gertruds Testament vollständig zu verstehen, muss man auch das meine kennen.

Gertruds Beziehung zu Deinem Bruder Carl war, nun ja, sagen wir, kompliziert. Sie wies alle Anzeichen einer intensiven Liebe auf, leider auch deren dunkle Seiten; vor allem aber ihre wichtigste Eigenschaft: Sie hörte niemals auf. Vidarnäs war das Wertvollste, was sie hinterlassen konnte. Es kam nie infrage, dass jemand anders als Carl es bekommen sollte.

Natürlich war ihr, auch ohne dass Otto sie darauf hinwies, klar, dass ihr Testament dadurch Schlagseite bekam. Das bereitete ihr Kummer. Und das brachte uns dazu, unsere Testamente miteinander zu verknüpfen.

Ja, Du hast das schon richtig verstanden: Du wirst mich bald beerben.

Die einzelnen Bestimmungen können wir bei Gelegenheit einmal durchgehen. Lass mich nur sagen: Unter dem Strich wirst Du nicht benachteiligt werden.

Lass mich in dem Zusammenhang noch eins betonen: Es hat von meiner Seite nichts damit zu tun, irgendetwas zu opfern. Im Gegenteil, ich habe schon vor langer Zeit beschlossen, dass Du mein Erbe werden sollst.

Das überrascht Dich vielleicht. Vielleicht bist Du der Ansicht, Du und ich hätten nicht viel füreinander übriggehabt.

Und vielleicht trifft das sogar zu, wenigstens was Dich betrifft.

Es fällt mir schwer, darüber zu schreiben, ohne verlegen zu werden. Die Wege der Sympathie sind gewunden und schwer zu begreifen. Carl hat es mir leicht gemacht, das ist wahr. Ich bin geneigt zu glauben, dass er seinerseits mich schließlich sogar auch ganz gernhatte. Aber ich weiß nicht, ob er mich jemals gebraucht hat.

Carl brauchte nur weniges. Carl gehört zu denen, die für sich selbst sorgen. Wenn er jemanden gebraucht hat, dann war es Gertrud, trotz allem.

Ich weiß nicht, ob Du mich jemals gebraucht hast. Aber ich brauchte Dich.

Wie es irgendwo im Evangelium steht: Wer alles bekommen hat, ist nicht der, den wir suchen.

Tom. Dein Onkel.«

Der Mond scheint so eigentümlich klar, man vergisst beinah, dass das Licht nur eine Leihgabe, eine Art Sinnestäuschung ist. Ein altes Lied klingt mir beharrlich im Ohr:

Oh, sanfter Mond, nimm mich zu dir
aus dieser engen Welt.
Vermissen wird mich niemand hier.
Von solchen sie zu viele enthält.
Heb mich zu dir in die Höhe hinauf,
damit mein müd geword'nes Auge darauf
nicht mehr zu weinen braucht.

Musik ist im Grunde eine sentimentale und pathetische Kunstform.

Toms Brief habe ich in den Koffer gesteckt. Da kann er bis auf Weiteres bleiben.

Aber eins weiß ich: Ich habe sie in der Unterwelt zurückgelassen. Anstatt sie zu überreden, zu bitten, sie einzuschließen, zu entführen, zu rauben, habe ich mich hinter einer Rüstung aus Feigheit, Angst und Konventionen versteckt.

Mein Problem war nicht, dass ich mich umgedreht hätte. Mein Problem war, dass ich nicht einmal das zustande brachte.

Der Gott des günstigen Augenblicks hat mir ein Ei aus Gold in die Hände gegeben. Und ich habe es fallen lassen. Ich fing an, zu redigieren, zu unterteilen, zu sortieren. Für eine solche Versündigung gibt es keine Vergebung und keine Hoffnung auf Erlösung, nur eine Wüste aus Einsamkeit und bitterem Bereuen.

Was sollen wir tun, Sam?

Neue Rüstungen zusammenhämmern?

Ich weiß nicht, ob ich die Kraft dafür aufbringe, wie nackt ich mich auch fühle.

Genau in dem Moment, in dem ich die Haustür zuschließe, klingelt drinnen das Telefon. Ich lasse es klingeln.

Ich bleibe eine Zeit lang auf der Treppe stehen und betrachte den dunklen Nachthimmel. Schräg über Pegasus hebt sich undeutlich der Andromedanebel ab. Das Seltsame ist, dass man ihn besser sieht, wenn man ihn nicht direkt fixiert.

Die Sterne rechts vom W der Kassiopeia scheinen mir ein Wort zu bilden: Walk.

Das Telefon klingelt noch einmal.

Vielleicht sind einige von diesen Sternen schon erloschen. Es wird Jahrhunderte dauern, bis ich es sehen werde.

Ich traf vor allen anderen bei der Kapelle ein.

Tom hatte sich mithilfe eines Bestattungsinstituts um alles Praktische gekümmert. Ein korrekt gekleideter Angestellter legte andächtig letzte Hand an ein paar teure Blumengestecke.

Tom hatte einen schlichten Eichensarg ausgesucht.

Ich setzte mich in die erste Reihe.

Nach und nach füllte sich die Kapelle. Einige alte Damen, die mir irgendwie bekannt vorkamen, traten nach vorn und drückten mir die Hand.

Tom kam im letzten Moment. Er war nicht allein.

Er schob sich an meinen Knien vorbei und setzte sich rechts neben mich, als wollte er unbedingt die Altersreihenfolge einhalten.

Da saßen wir dann, er, ich, Klara und Sam.

Der Junge trug einen dunklen Anzug, weißes Hemd, graue Krawatte. Er sah blass und feierlich aus, erwachsen, als wäre er binnen weniger Tage um Jahre gereift.

»Seid ihr doch nicht abgereist?«

Es hörte sich grauenhaft dumm an.

Sie lächelte.

»Noch nicht jedenfalls.«

»Aber … wo habt ihr denn gewohnt?«

Das klang auch nicht viel gescheiter.

Tom räusperte sich und sah betreten drein. Mir kam ein Verdacht: »Und natürlich hast du auch Sam eingekleidet.«

Er guckte noch viel verlegener.

Der Pfarrer erschien und trat vor den Altar.

»Ich hätte dich niemals gehen lassen dürfen«, flüsterte ich Klara zu. »Du Esel«, flüsterte sie zurück. »Die Entscheidung lag doch wohl bei mir, nicht bei dir.«

Wie ein Kommentar von oben setzte die Orgel ein.

Und damit verabschiedete sich auch diese Rüstung.

Der Pfarrer drehte sich um und stellte sich hinter den Sarg. Mutters Beerdigung begann, und ich wusste nicht, ob auch noch etwas anderes.

»Im Namen des Vaters, des Sohnes und des Heiligen Geistes, amen«, sagte der Pfarrer und schlug seine Bibel auf.

Tom räusperte sich einmal mehr, als wäre es an ihm, das Wort zu ergreifen.

Ich blickte nach vorn, direkt auf die Bibel in den Händen des Pfarrers. Wie hatte Tom sich noch ausgedrückt? Wie es irgendwo im Evangelium steht: Wer alles bekommen hat, ist nicht der, den wir suchen.

Den verlorenen Sohn?

Es flackerte mir sozusagen durchs Hirn: Reiß dich zusammen, reiß dich zusammen!

Doch ich fand nichts Besseres zum Festhalten als Toms Knie. Er hatte schon sein Taschentuch herausgeholt. Er tätschelte meine Hand und sah andächtig aus.

Es blieb mir nichts weiter zu tun, als Klara beim Wort zu

nehmen: Ich saß da und fühlte mich wie ein Esel. Für den Augenblick reichte das. Bei genauerem Nachdenken ist es vielleicht gerade dieses Gefühl, das uns das Schicksal auf unseren Sprints zugedacht hat, wenn wir atemlos und verschwitzt von Vergessen zu Vergessen hasten.